PETITS

PORTRAITS

PAR

THÉOPHILE D'ANTIMORRE

SOCIÉTÉ GÉNÉRALE DE LIBRAIRIE CATHOLIQUE

(Ancienne Maison Victor PALMÉ, éditeur des *Bollandistes*).

PARIS
25, rue de Grenelle, 25.

BRUXELLES
5, place de Louvain, 5.

M D CCC LXXVIII

PETITS PORTRAITS

PARIS. — IMP. VICTOR GOUPY, RUE DE RENNES, 71

PETITS

PORTRAITS

PAR

Théophile D'ANTIMORRE

SOCIÉTÉ GÉNÉRALE DE LIBRAIRIE CATHOLIQUE

(Ancienne Maison Victor PALMÉ, éditeur des *Bollandistes*).

PARIS		BRUXELLES
25, rue de Grenelle, 25.		5, place de Louvain. 25.

M D CCC LXXVIII

AUX DAMES

—

Vous perdez votre temps, m'a dit un de mes amis : les dames ne vous liront point, ou bien se fâcheront. Je lui ai répondu : Vous vous trompez ; les dames me liront et ne se fâcheront point. Elles trouveront que j'ai raison ; je connais leur bon sens.

Ai-je eu tort ? je suis prêt à me rétracter.

Vo' très-humble serviteur,

T. d'A.

PETITS PORTRAITS

DE

GRANDES DAMES

La Messe de Midi.

Des messes après midi, pour les dames paresseuses !

Le clergé est d'une complaisance à toute épreuve : il consent à jeûner jusqu'à deux heures après midi, pour donner à quelques dames, très-peu chrétiennes, le loisir de savourer les douceurs du sommeil durant de longues matinées. Aujourd'hui quelle grande cité n'a pas ses messes de midi et même d'une heure ?

Oui, ces bons messieurs se sont laissé persuader qu'il était pénible, pour certaines matrones, de se lever et de faire toilette avant midi, et ils leur ont mis une messe à l'heure des vêpres. Quelle touchante condescendance !

La plupart de ces intéressantes chrétiennes ont passé la nuit au spectacle ou au bal, et ne sont rentrées chez elles qu'au point du jour. Il est juste qu'elles se reposent. Ne vous semblerait-il pas cruel, après les fatigues de la nuit, de les appeler à l'église aux heures des religieuses ? Beaucoup d'autres n'y vont pas ; et puisque des chrétiennes si distinguées daignent y venir en personne, ne faut-il pas reconnaître l'honneur insigne qu'elles font à Dieu ? Elles ont bien droit à quelque complaisance.

Mais, dira quelqu'un, ne pourraient-elles pas, avec un peu de courage, se lever à dix heures et assister à la grand'messe, comme les simples mortelles ? Non, non ; il y a plusieurs raisons pour cela.

D'abord, se lever à dix heures est un acte d'héroïsme qui n'est pas dans leurs mœurs ; c'était bon au moyen âge.

Puis, il faut que ces dames déjeunent dans leur lit ou après leur petit lever, qu'elles grondent leurs femmes de chambre, qu'elles mettent en train tout leur domestique, et

qu'elles donnent des ordres pour le service de
la journée.

Ensuite, il faut changer de robe et d'une
foule d'autres choses, dont j'ignore le détail et
que ces dames connaissent parfaitement. Ce
qu'on portait en soirée ne convient pas à
l'église; il y a une tenue pour la messe, comme
il y en a une pour le bal. Les dames les plus
mondaines savent très bien qu'en changeant
de rôle il faut changer de costume, et elles
respectent trop les convenances pour y manquer jamais. Or tout ceci demande du temps;
avec de la diligence, on est à peine prête à
midi.

Quelqu'un m'apprend qu'à Paris les messes
de midi ne sont déjà plus fréquentées; c'est la
messe d'une heure qui l'emporte.

Mais comme ces dames font bien les choses!
Pour en juger, allez vous promener, le dimanche, de midi à une heure, aux abords d'une
grande église, et observez le mouvement de la
foule aristocratique. Si vous êtes tant soit peu
philosophe, vous verrez avec intérêt ces phy-
sionomies, ces toilettes, ces allures de la haute
dévotion en retour de noce, de bal ou de théâtre; rien n'est plus curieux.

Vous diriez qu'il s'agit d'une réunion toute
profane, où la richesse et l'oisiveté se sont

donné rendez-vous pour accomplir un devoir d'étiquette, ou pour étaler une toilette nouvelle.

A Dieu ne plaise que j'enveloppe dans une même accusation toutes les personnes qui vont à la messe de midi ou d'une heure! Il est d'excellents chrétiens, de pieuses mères de familles et de candides jeunes filles, qui se mêlent à cette foule ébouriffante et qui ne vont chercher que Dieu au pied des autels.

Mais étudiez l'aspect général. Considérez ces effets de toilettes variées qui entrent et montent sur plusieurs lignes, se heurtant et se froissant avec un bruit particulier. Chaque dame se dirige lentement vers sa place, saluant à droite et à gauche ses connaissances, faisant et recevant de jolis compliments, puis causant tout bas avec ses voisines en attendant l'office. Elles s'étalent sur leurs chaises, s'arrangent et se posent, non-seulement pour être bien assises, mais pour mettre en évidence une robe, un châle, un manchon, une chaussure, que sais-je? car ici, comme partout, il y a rivalité de parure. Elles ont avec cela tout un attirail de dévotion ou de santé, qui nécessite souvent le secours d'un domestique : ce sont des livres dorés, des bésicles en vermeil, des chapelets ciselés, des éventails, des ombrelles, des chauffe-pieds, des coussins, et le reste.

Pendant la messe, elles se tiennent en femmes qui savent vivre : elles font les mouvements en usage, se signent, s'asseyent de nouveau, toujours avec une grâce infinie, puis ouvrent leurs livres à fermoirs d'or ou bien contemplent l'autel et le prêtre. Vous croyez peut-être que toutes prient Dieu ? Que vous êtes naïf ! Beaucoup d'entre elles ne savent plus prier; d'ailleurs elles n'ont rien à demander à Dieu. Tout au plus pourraient-elles le remercier de n'être pas semblables à tant d'autres femmes, qui n'ont ni leur esprit ni leur vertu, et qui ne jouissent pas de leur considération.

Vous croyez qu'elles méditent ? Elles observent les ornements de l'autel ; elles remarquent si le prêtre a les mains blanches et les ongles bien taillés ; elles considèrent le chapeau, le châle ou la robe de Mme X..., et les font remarquer à leur voisine. Voilà les graves sujets qui ont le privilége de fixer leur attention.

On dit (mais je ne m'en fais pas garant) que quelques-unes y donnent des rendez-vous et se placent de manière à voir, tout à leur aise, certaines personnes qu'elles rencontreraient difficilement ailleurs. Ce sont là des secrets que nous n'essayerons pas de pénétrer.

Quand ces dames ont passé de la sorte une demi-heure, elles s'en vont très-satisfaites d'elles-mêmes, causant de la façon la plus gracieuse avec leurs amies, jusqu'à leur équipage qui les attend à la porte de l'église. On se salue, chacune remonte en voiture et fait des projets pour la soirée; car leur vie n'est qu'une suite d'amusements et de plaisirs, mêlés de quelques instants sérieux et parfois de quelques disgrâces, dit-on.

Les personnes qui sont conduites à l'église par une foi véritable se distinguent sans peine à leur tenue modeste et recueillie. La vraie et solide piété ne s'affiche pas; elle ne cherche point à être vue et ne s'occupe pas du mouvement qui se fait autour d'elle. Le sentiment religieux captive son âme; elle se tient volontiers à l'écart, elle aime la solitude, elle prie avec ferveur et se plait à entretenir Dieu dans une douce intimité. Celle-là n'attend point la messe de midi ou d'une heure; elle sait que c'est l'heure favorite de la paresse et de l'orgueil, tandis que le matin est plus particulièrement l'heure du recueillement et de la dévotion.

Vous me direz : si ces dames n'ont pas de

religion pourquoi vont-elles à l'église? Pourquoi? D'abord parce que c'est d'usage et de bon ton; ensuite parce qu'une femme sans religion n'est pas estimée : chacun sait ce qu'elle vaut comme esprit et comme vertu. Les hommes ne s'y trompent pas, et les libertins le savent mieux que personne. Aussi toute femme qui n'est ni sotte ni déhontée ne consentira jamais à passer pour telle. S'il faut être hypocrite, elle le sera; mais elle montrera de la religion, elle en fera même ostentation.

Ainsi, cher Edmond, si vous désirez une épouse vraiment pieuse et solidement vertueuse, n'allez pas la chercher sur les degrés de votre église paroissiale, au sortir de la messe de midi et demi. Les habituées de cette messe ne vous offriraient point assez de garanties; ce n'est pas votre fait.

Je connais la dignité de vos sentiments et l'élévation de vos pensées. Vous seriez malheureux avec une femme dont le fond serait la sensualité, l'orgueil, la vanité, la frivolité, la rage des plaisirs, sans aucune idée sérieuse, sans foi éclairée et sans délicatesse de conscience; vous ne trouveriez là ni grandeur d'âme, ni noblesse de sentiment, ni amour du devoir, ni cette simplicité candide et suave qui est un don du ciel, mais des maximes erronées

1.

et perverses, tous les préjugés du temps, les susceptibilités d'une nature sans élévation, et les mille défauts d'un caractère qui n'a point été formé.

Les filles mondaines, qui ont été élevées dans la mollesse et les plaisirs, n'ont pas la première idée de ce que doit être une femme chrétienne, une épouse et une mère ; la religion ne les a pas relevées de la chute originelle. Si vous demandiez de définir la femme à leur point de vue, et qu'elles pussent tirer une réponse précise du chaos de leur intelligence, elles vous donneraient la définition de Vénus, née pour être adorée et pour se rassasier de volupté. C'est ainsi qu'elles comprennent la vie et qu'elles la désirent pour elles-mêmes.

Quelle génération la société moderne peut-elle attendre de pareilles mères ? Le matérialisme, le sensualisme, l'orgueil et la mollesse, les goûts frivoles et les instincts grossiers, seraient innés dans ses entrailles. Le paganisme renaîtrait de cette engeance dégradée, si la force vitale du christianisme, développée dans d'autres cœurs, n'était là pour lutter contre ces principes de démoralisation.

Je me suis demandé plus d'une fois ce qui se passe dans la tête de ces femmes légères et de leurs filles (s'il s'y passe quelque chose),

quand elles lisent à la messe certains passages
de l'Évangile, par exemple celui-ci :

« Jésus voyant la foule... l'instruisait, en disant :

« Bienheureux les pauvres d'esprit, parce
que le royaume des cieux leur appartient.

« Bienheureux ceux qui sont doux, parce
qu'ils posséderont la terre.

« Bienheureux ceux qui pleurent, parce
qu'ils seront consolés.

« Bienheureux ceux qui ont faim et soif de
la justice, parce qu'ils seront rassasiés.

« Bienheureux les miséricordieux, parce
qu'ils obtiendront eux-mêmes miséricorde.

« Bienheureux ceux qui ont le cœur pur,
parce qu'ils verront Dieu.

« Bienheureux les pacifiques, parce qu'ils
seront appelés enfants de Dieu.

« Bienheureux ceux qui souffrent persécu-
tion pour la justice, parce qu'ils obtiendront le
royaume des cieux... Estimez-vous heureux
lorsque les hommes vous maudiront et vous
persécuteront à cause de moi. (S. *Math.*, c. v,
1-11.)

Ce langage doit leur paraître bien étrange,
si elles y comprennent quelque chose.

I

Bienheureux les pauvres d'esprit

C'est-à-dire ceux qui n'ont aucun attachement aux biens de ce monde.

Lorsque Dieu envoya son Fils sur la terre pour instruire et sauver les hommes, il lui donna une mère pauvre et le fit naître dans une étable, sur la paille. C'était une éclatante leçon infligée à la richesse, à l'orgueil, à l'ambition et au sensualisme, que le Messie venait combattre; elle résumait sa doctrine et révélait tout son dessein. Il ne faut donc pas s'étonner qu'elle reparaisse au début de ses prédications.

Mais quelle dut être la stupéfaction des riches pharisiens, si fiers et si sensuels, quand ils entendirent proclamer cette nouvelle maxime : « Bienheureux les pauvres! » Sans doute, ils se mirent en colère quand le Sauveur ajouta : « Malheur à vous, riches, parce que vous avez ici-bas votre consolation. Malheur à vous qui êtes rassasiés, parce que vous aurez faim. Malheur à vous qui riez maintenant et qui recevez les hommages des hommes; car vous pleurerez et vous gémirez. » (S. Luc, VI, 24 et suiv.)

Alors, comme aujourd'hui, on disait tout le contraire : « Bienheureux les riches, et malheur aux pauvres. Heureux ceux qui ont de belles maisons, de nombreux domestiques, de superbes équipages et de l'argent pour satisfaire tous leurs caprices. Heureux ceux qui ont de grandes dignités et de nombreux flatteurs, ou qui se reposent dans une molle oisiveté, passant en fêtes les jours et les nuits, et ne refusant rien à leurs passions. Est-il un sort plus digne d'envie que d'être considéré, de vivre dans les plaisirs, de toujours rire et chanter, et d'avoir le paradis en ce monde? » Voilà ce qu'on disait et ce qu'on dit encore partout. Il y a bien revers de médaille, mais on n'en parle pas : le cœur se laisse prendre à la fascination des honneurs, des richesses et des plaisirs.

Je ne crois donc pas faire un jugement téméraire en supposant que Notre-Seigneur ne serait pas plus goûté de certaines gens d'aujourd'hui, qu'il ne le fût des pharisiens, s'il revenait en personne leur répéter les mêmes sentences. Les uns se mettraient à rire, les autres se fâcheraient, et le petit nombre seulement resterait auprès de lui pour l'écouter.

Croyez-vous que l'aristocratie de la fortune, les lionnes de nos cités, les déesses de la mollesse, des jeux et du plaisir, même parmi celles qui sont les plus fidèles à la messe d'une heure, seraient fort disposées à suivre une pareille doctrine? Non, non; les plus ferventes perdraient toute leur dévotion, si vous exigiez d'elles qu'elles crussent à l'Évangile et qu'elles en admissent les principes. Jusqu'à présent elles ont été chrétiennes sans cela.

Mesdames AA., qui éclipsent tant de médiocrités envieuses par l'éclat de leur toilette et le luxe de leurs équipages, se croient en droit de faire des objections :

« L'évangéliste S. Luc s'est laissé aller à quelque exagération, disent-elles. Quel mal peut-il y avoir à posséder une fortune légitimement acquise et à en jouir avec modération? Ne pourra-t-on, sans être maudit du ciel, s'asseoir à une table propre, manger des mets préparés avec soin, se bien porter, rire et s'amuser honnêtement! Dieu ne saurait être si difficile : il ne condamne que les abus et les excès. Or chacun sait que nous en sommes incapables. »

La conclusion de ces dames est qu'elles peuvent continuer de vivre dans le faste, dans la mollesse, dans les ris et les jeux, dans tous

les raffinements de la volupté, et qu'il n'y a
pas le moindre danger pour leurs âmes dans
un milieu que les passions les plus corruptrices
semblent avoir créé à leur fantaisie.

Mesdames, vous avez beaucoup d'esprit,
sans doute, et vos jolies têtes sont encore
mieux meublées qu'elles ne sont ornées à
l'extérieur; expliquez-nous donc cette exclamation du Sauveur, à propos d'un jeune
homme riche qui tenait trop à ses biens :

« Qu'il est difficile aux riches d'entrer dans
le royaume des cieux !...

« Je vous le répète : Il est plus facile à un
chameau de passer par le trou d'une aiguille,
qu'à un riche d'entrer dans le royaume du
ciel.

« En entendant ces paroles, les disciples
étaient grandement étonnés et se disaient : Qui
donc pourra être sauvé ?

« Jésus les regardant leur dit : C'est impossible à l'homme, mais tout est possible à
Dieu (S. *Matth.* XIX, 23 *et suiv.*); c'est-à-
dire, l'homme n'y parviendra point sans une
grâce spéciale de Dieu, qui détache son cœur
des biens temporels et qui le mette à l'abri des
tentations dont ils sont la source.

Je vous cède la parole, mesdames.

— Mais je vous assure que nous ne tenons

pas à l'argent, que nous estimons peu la parure, que notre cœur n'est pas moins modeste sous la soie qu'il le serait sous la bure, enfin que nous ne faisons aucun usage défendu des biens que le ciel nous a donnés; vous pouvez nous en croire.

— Gracieuses dames, je me garderai bien de formuler contre vous aucune accusation personnelle; ni la politesse ni la justice ne m'y autorisent. Je ne sais rien, que la parole du Sauveur. Mais, puisque vous la respectez, permettez-moi de vous citer un exemple qui laisse place à quelques inquiétudes sur la valeur de votre justification au tribunal du souverain Juge. C'est Jésus-Christ qui parle :

« Il y avait un homme riche, qui était vêtu de pourpre et de lin, et qui se traitait magnifiquement tous les jours.

« Il y avait aussi un pauvre, nommé Lazare, étendu à sa porte et tout couvert d'ulcères,

« Qui eût bien voulu se rassasier des miettes tombées de la table du riche; mais personne ne lui en donnait, et les chiens venaient lécher ses ulcères.

« Or il arriva que ce pauvre mourut et fut emporté par les anges dans le sein d'Abraham. Le riche mourut aussi et fut enseveli dans l'enfer.

« Lorsqu'il était dans les tourments, il leva les yeux en haut et vit de loin Abraham, avec Lazare dans son sein.

« Et s'écriant, il dit : Père Abraham, ayez pitié de moi et envoyez Lazare tremper le bout de son doigt dans l'eau pour me rafraîchir la langue ; car je souffre d'extrêmes tourments dans cette flamme.

« Mais Abraham lui répondit : Mon fils, souvenez-vous que vous avez reçu votre part de biens durant la vie, tandis que Lazare n'y a eu que des maux ; c'est pourquoi il est maintenant dans la consolation, et vous êtes dans les tourments.

« Et, de plus, il y a pour toujours un abîme infranchissable entre vous et nous. » (S. *Luc.* XVI, 19 *et suiv.*)

Qu'en dites-vous, mesdames ? Ce riche avait-il beaucoup plus de torts que plusieurs d'entre vous ?

— Il négligeait Lazare, et nous faisons l'aumône. Nous ne lui ressemblons en rien, monsieur ; et, à moins que Jésus-Christ lui-même ne vienne nous accuser....

— Je comprends ; permettez-moi d'achever la prière du riche en enfer : « Je vous supplie, père Abraham, de l'envoyer dans la maison de mon père, où j'ai cinq frères, pour qu'il les avertisse et les instruise, afin qu'ils ne viennent pas aussi dans ce lieu de tourments.

« Abraham lui repartit : Ils ont Moïse et les prophètes, qu'ils les écoutent.

« Non, dit-il, père Abraham; mais, si quelqu'un des morts va les trouver, ils feront pénitence.

« Abraham lui répondit : S'ils n'écoutent ni Moïse ni les prophètes, ils ne croiraient pas davantage, quand même un mort ressusciterait. » (*Id. suite.*)

Vous êtes plus exigeantes, mesdames; vous voulez que Jésus-Christ lui-même vienne vous répéter ses propres paroles?

— Elles ne s'appliquent pas à nous. Il est vrai que nous sommes riches en biens temporels, mais nous sommes pauvres d'esprit; nous pratiquons l'Évangile mieux que vous.

— Oui, oui, je m'y attendais; poursuivons.

II

Bienheureux ceux qui sont doux.

Pour le coup, mesdames, voilà votre fait; je vais avoir le plaisir de célébrer vos louanges.

Oui, vous êtes les filles de celui qui a dit avec tant de vérité : « Apprenez de moi que je suis doux et humble de cœur. » Vous êtes des modèles de douceur et d'humilité. Pour s'en convaincre, ne suffit-il pas de voir la modestie de votre démarche sur les degrés de l'église, au sortir de la messe, et la grâce de votre sourire, lorsque vous saluez les personnes de votre connaissance? Pour moi, je suis toujours charmé de l'aménité de vos manières, et je m'inscris au nombre de ceux qui vous admirent.

Je ne comprends même pas ce que disent vos domestiques. Faut-il vous le révéler? Ils prétendent que vous n'êtes pas toujours aussi aimables, que vous avez des moments de mauvaise humeur, que vous êtes parfois d'une susceptibilité révoltante, que vous leur parlez alors avec arrogance, comme à de vils esclaves, et que, pour leur faire mieux sentir la comtesse ou la marquise, vous vous redressez à la façon des déesses irritées de l'Olympe. Est-ce vraisemblable pour qui vous a vues si gracieuses dans vos salons? J'aime mieux croire qu'ils sont eux-mêmes trop susceptibles, et qu'en les traitant avec autorité, vous n'oubliez jamais qu'ils sont vos frères, que Dieu les estime autant que vous, et qu'il les placera

dans le ciel au-dessus de vous, s'ils ont plus
de vertu.

Je sais qu'il y a des exceptions et que vous
les avouez en les regrettant. Madame B., par
exemple, qui est une parvenue sans mérite et
dont l'orgueil dépasse de beaucoup l'ampleur
de sa robe et la hauteur de ses panaches,
croit s'attirer de la considération en regardant
avec dédain ceux qu'elle coudoyait naguère et
en prenant des airs de sultane parmi ses infé-
rieurs. Elle querelle du matin au soir ses domestiques, fait des reproches à ses ouvrières,
dispute avec ses fournisseurs et ne trouve aucune marchandise convenable; son système
est de taquiner tout le monde, pour se faire
respecter et pour être mieux servie. Elle se
pique du moindre mot, d'un oubli, d'un prétendu manque d'égards, et le fait sentir par
des paroles très-vives ou des procédés insul-
tants. Qui lui donne ce droit de vexation et
d'insolence? Sa richesse, pense-t-elle, son palais, ses meubles, ses équipages, la charge de
son mari et la crainte qu'il inspire aux petits.
Dans sa maison tout est d'or, d'argent, de
bronze, de soie et de velours : ce qu'il y a de
moins précieux, dit-on, c'est madame. Redoutable comparaison qu'une femme d'esprit ne
doit jamais affronter!

Madame C. a été gâtée par l'orgueil, dès son enfance; elle est prétentieuse, revêche et sotte. Si vous ne lui faites des compliments, elle montre de l'humeur et devient maussade; si vous la contrariez, elle se fâche, vous lance des pointes et vous blesse; elle irait jusqu'aux injures, si vous ne lui cédiez. C'est une créature acariâtre, qui ne sait rien supporter des autres et qui veut qu'on lui pardonne tout. Jamais elle n'a pu s'entendre avec personne.

Son pauvre mari, qui est la douceur même, est à bout de patience; il s'éloigne de la maison pour ne pas tant souffrir. Chacun dit qu'il est trop bon, et c'est vrai.

Un homme d'un autre caractère eût appris à cette femme l'obéissance, en lui faisant sentir le poids de son autorité et en la mettant énergiquement à sa place. Elle eût fait grand bruit sans doute, et n'eût pas cédé sans laisser éclater son vilain caractère. Mais monsieur C. n'a point voulu d'éclat; il a préféré abdiquer le gouvernement de sa maison et se borner à visiter ses terres. Les uns l'approuvent, les autres le blâment; quel est votre avis, aimables lectrices?

Il n'en est point ainsi de vous, mesdames; vous avez de la religion. Vous pratiquez les vertus qui conviennent à votre sexe; vous savez le respect et la soumission que vous devez à vos maris, et vous vous gardez bien de chercher à usurper leur autorité. La défense de saint Paul et ses conseils de modestie sont toujours présents à votre mémoire. Je vous en félicite.

Jamais vous ne vous irritez de leurs observations, jamais vous ne leur en faites d'impertinentes, jamais vous ne leur tenez tête; mais, toujours fidèles au rôle d'humilité et de douceur qui vous sied si bien, vous édifiez vos enfants et vos serviteurs par de touchants exemples, plus efficaces que les paroles pour leur apprendre leurs propres devoirs.

Voilà ce que je crois de vous, mesdames, et jusqu'à ce que vos maris eux-mêmes nous aient affirmé le contraire, nous n'admettrons ni les cancans de vos bonnes, ni les critiques malicieuses des commères.

III

Bienheureux ceux qui pleurent, car ils seront consolés.

Cette fois, je crains que nous ne soyons pas d'accord; beaucoup de dames aiment à pleu

rer; mais celles-là mêmes n'en voudront pas
convenir.

« Bienheureux ceux qui pleurent! s'écrie
madame D. Juste ciel! que veut-on dire?

— Rassurez-vous; Notre-Seigneur promet
des consolations à ceux qui pleurent. Le trou-
ez-vous mauvais?

— Non; mais en faire une béatitude! Il y a
là-dessous quelque chose de caché qui nous
effraye.

— Seriez-vous fille de prophète? Notre-
Seigneur proclame, en effet, qu'il est plus
avantageux de pleurer que de rire, que les
plaisirs du monde sont fort dangereux, que
le chemin du ciel n'est point une route large
et semée de roses, mais un sentier étroit, rude
et hérissé d'épines, que la couronne immortelle sera le prix d'un long et pénible combat,
et qu'enfin la seule voie sûre est celle de la
mortification et de la pénitence. Qu'en dites-
vous?

A ces mots, la figure de madame D. se dé-
compose : elle prend un air consterné. C'est
une créole, qui a été bercée dans les bras de
la mollesse, servie dans son enfance par des
esclaves, et sans cesse environnée des jouissances que la richesse prodigue à la sensualité. Toute souffrance lui est en horreur; elle

redoute la moindre fatigue. Sa démarche, sa tenue, son langage, tout est languissant; elle n'a pas même la force de prononcer certaines consonnes qui coûtent un effort de langue. Elle ne sait que rire, badiner, recevoir des compliments et y répondre. Elle va au spectacle pourtant, au bal, en soirée, à la promenade, mais en voiture, entourée de domestiques, ou avec de telles précautions que son cher corps n'ait rien à souffrir et ses sens voluptueux beaucoup à savourer. Elle se croit née pour le plaisir, et toutes les facultés de son âme sont appliquées à cette noble fin.

Si vous lui montrez le ciel, en lui disant qu'on y peut être plus heureux encore, ses beaux yeux se mouillent de larmes et son cœur soupire; elle aime tant le bonheur! Mais si vous ôtez le voile qui lui en cachait le chemin, et que vous prononciez les mots de croix, de mortification, de pénitence, elle frissonne et s'épouvante.

« O Dieu! faire pénitence! et pourquoi, s'il vous plaît? Notre vie est irréprochable. Les macérations conviennent aux grands coupables, aux pécheurs et aux pécheresses, soit; mais nous ne sommes pas de ces gens-là. Ne faisons-nous pas notre prière du matin et même celle du soir, quand nous ne sommes pas dérangées? N'assistons-nous pas tous les dimanches à la messe de midi, quand nous ne sommes pas enrhumées ou fatiguées? Ne remplissons-nous pas le devoir pascal en temps voulu? Que de sermons nous entendons dans le courant d'une année! Nous donnons à la quête, nous envoyons des fleurs à l'autel de la Vierge, nous sommes d'une foule de bonnes œuvres. De quoi voulez-vous que nous fassions pénitence? Au reste, combien coûte une dispense? nous la payerons. Faut-il faire des aumônes? nous serons généreuses? »

— Je n'en doute pas, et je comprends parfaitement combien ce mot de pénitence est dur pour des dames qui ont perdu l'habitude de se lever avant onze heures, qui déjeunent dans leur lit, qui ne savent plus s'habiller sans l'aide d'une femme de chambre, qui trouvent le coton et la soie à peine assez doux pour leur peau délicate, qui ont des mains pour ne pas travailler et des pieds pour ne plus aller qu'en voiture; non, l'austère mortification n'a point d'attraits pour d'heureuses mortelles qui sont accoutumées à passer les jours en conversations frivoles, voluptueusement assises sur de moelleux coussins, et une partie des nuits à danser et à rire dans une atmosphère de parfums. Ce n'est donc point

2

sans quelque regret et sans une vive compas-
sion que je maintiens la terrible parole du
Sauveur : « Faites pénitence. » Mais la vérité
et votre intérêt personnel exigent que je la
maintienne, car le souverain Juge n'écoutera
point les excuses de la mollesse et de la sensualité.

— Mais nous ne pouvons réellement ni jeûner, ni faire maigre. Notre santé est trop dé-
bile; le jeûne nous tuerait, le maigre seul nous
donne des maux d'estomac. Tous nos méde-
cins nous défendent l'abstinence. Ah! nous
voudrions bien avoir des tempéraments ro-
bustes et pouvoir imiter les saints; mais Dieu
ne nous en a pas donné la force.

— Madame D., vous parlez pour d'autres,
et vous oubliez votre embonpoint. Rappelez-
vous donc que vous êtes infatigable quand il
s'agit de plaisir. Ne vous ai-je pas vue danser
des nuits entières? et n'ai-je pas entendu votre
mari s'étonner que vous pussiez vous soutenir
debout? La plupart des saints et des saintes
n'ont point reçu du ciel autant de vigueur et
autant de santé; je pourrais faire le même
compliment à plusieurs de ces dames qui
m'entendent.

— Pour moi, j'ai un mauvais estomac...
— Et moi, j'ai des crispations nerveuses quand

je ne mange pas à temps... — Et moi, j'é-
prouve d'affreuses migraines... — Et moi, je
n'y vois plus... — Et moi, mon mari me défend de faire maigre... — Et moi... — Et
moi...

— Grâce, grâce, mesdames; je ne suis pas
de force à lutter contre vous. Supposons que
le Juge suprême sera plein d'égards pour des
personnes si délicates et si bien intentionnées.
Ne m'arrachez pas les yeux : continuez à dormir la grasse matinée pendant que les chrétiens jeûnent, et à danser la nuit pendant
qu'ils dorment; riez et bavardez, ne pleurez
jamais et soyez heureuses en ce monde, si
vous le pouvez, pendant que les croyants font
pénitence et prient pour satisfaire à la justice
divine et s'assurer un bonheur éternel.

IV

**Bienheureux ceux qui ont faim et soif
de la justice.**

Qu'est-ce que signifie cette sentence ? dit
madame E. à l'oreille de mademoiselle F. ;
ceux qui ont faim et soif de la justice?

— Je ne sais pas trop; cela doit regarder les juges, je m'imagine; mais ce n'est pas notre affaire.

En effet, la justice ou la sainteté, la soif ou le désir de la perfection, ne sont pas du tout l'affaire de ces deux dames; elles n'en comprennent pas même le sens. Et pourtant elles ont à l'église deux chaises de velours, marquées et payées, et elles ne manquent guère la messe de midi et demi; quand elles n'y sont pas au commencement, elles arrivent toujours avant la fin et vont jusqu'à leurs places, en dérangeant tout le monde, pour que personne n'en ignore.

Voilà bien des années qu'elles assistent à la lecture de l'Évangile, sans y avoir pris le moindre goût. Elles ne sont affamées que de jeux, de courses, de parades et de spectacles; elles ont soif de jouissances, de voluptés, d'émotions, de délire, de folie, n'importe sous quelle forme.

Gardez-vous de leur parler de Dieu, du paradis, de leurs fins dernières et des moyens de faire leur salut. Vous les attristeriez : leurs riants visages s'assombriraient et leurs cœurs se serreraient. Y a-t-il rien en tout cela qui puisse réjouir des âmes comme les leurs?

Surtout ne leur parlez pas de la mort, du

jugement ou de l'enfer : elles auraient des crises épileptiformes et tomberaient en demi-syncope; vous seriez obligé de les soutenir et de leur faire respirer des sels.

Mais parlez-leur des nouvelles et des scandales du jour; parlez d'intrigues et de crimes, de rapts et de séductions, de mariages à faire ou à défaire, de ménages brouillés, de séparations de corps et de biens, d'empoisonnements et de cours d'assises; parlez de choses affreuses, révoltantes, capables de faire dresser les cheveux sur la tête, ces dames ne s'évanouiront pas; elles vous écouteront avec des oreilles avides, des yeux étincelants de plaisir et des cœurs palpitants d'une délicieuse émotion; elles pousseront de petits cris pour vous encourager, et, quand vous aurez fini, elles vous combleront de remerciments.

Si vous êtes femme ou du métier, parlez-leur de toilette, de chapeaux, de robes, de rubans et de dentelles, de modes à changer ou à introduire; critiquez vos amis, ridiculisez vos connaissances, riez à cœur joie de leurs travers, et, si vous ne leur en trouvez point assez, faites des suppositions pleines de malice, bavardez sans aucune retenue... Vous serez goûtée, toujours goûtée; on vous serrera les mains et on vous embrassera; on vous priera de revenir au plus tôt, tant on est insatiable de choses si intéressantes.

Au besoin, parlez de théâtres, d'acteurs, d'actrices, de pièces bonnes ou mauvaises, surtout des mauvaises; parlez d'affaires de coulisses, d'intrigues secrètes, de mystères, etc. Baissez la voix, on se rapprochera de vous pour ne pas perdre un mot, on dévorera vos paroles, on trépignera de plaisir.

Voilà de quoi ces dames sont affamées. Est-ce qu'il y a sur la terre d'autres sujets dignes de leur intérêt? ou bien en connaissez-vous de plus utiles?

Et le ciel? et la perfection? — Le ciel, ces dames y vont; la perfection, elles l'ont atteinte. Que leur manque-t-il donc? Regardez et voyez leur mise, leur tenue, leur bon air. Vous n'êtes pas satisfait? Vous êtes bien difficile.

V

Bienheureux les miséricordieux, parce qu'ils obtiendront eux-mêmes miséricorde.

Ces dames n'ont pas besoin de miséricorde pour elles-mêmes: elles sont irréprochables.

Mais c'est ici leur triomphe. Oh! pour avoir le cœur tendre et miséricordieux, elles l'ont au degré le plus éminent. Elles ne sauraient voir périr seulement un oiseau, sans se trouver mal et sans avoir besoin de recourir à la fleur d'oranger. Si un enfant tombe ou se blesse au doigt, et qu'il y paraisse une goutte de sang, c'est assez pour leur donner des attaques de nerfs. La vue d'un malheureux qui souffre et qui gémit leur cause une telle pitié qu'elles n'essayeraient pas impunément de la supporter.

Voilà pourquoi vous ne les verrez jamais visiter les infirmes. Mesdames G. et V., qui m'inspirent surtout ces réflexions, ne conçoivent pas l'étrange vertu de ces dames pieuses qui pénètrent dans les mansardes de la misère et qui, bravant l'infection et l'aspect de ces tristes lieux, y soignent elles-mêmes les malades: « Nous les admirons, disent-elles en faisant la grimace, mais le ciel ne nous a point donné un cœur si robuste. » Voyez donc comme elles sont sensibles et bonnes !

Elles font l'aumône et donnent au bureau de bienfaisance ; car elles voudraient soulager toutes les infortunes et n'en plus jamais entendre parler. N'est-il pas cruel, en effet, pour des âmes si tendres et si généreuses, d'appren-

dre de temps à autre que des malheureux
meurent de froid et de faim à leurs portes,
quand elles vivent si mollement dans des salons chauffés et à des tables somptueuses?
que des pères et des mères sont réduits au
désespoir par défaut d'ouvrage ou par maladie, pendant qu'elles ne savent à quoi dépenser
leur or et qu'elles portent sur leur front ou
sur leur poitrine des diamants qui pourraient
nourrir tous les pauvres d'une cité? que d'in-
fortunés petits enfants n'ont pas d'habits pour
couvrir leur nudité et pas de chaussure pour
mettre à leurs pieds, tandis que leur garde-
robe est encombrée de vêtements inutiles ou
délaissés? Oui, il y a là de quoi troubler de si
nobles cœurs, jusqu'au milieu de leurs festins
et de leurs fêtes. Mais la plupart du temps ces
grandes dames ignorent les souffrances du
petit peuple : elles ont tant d'autres choses à
penser!

Le peuple murmure et prétend que Dieu n'a
point donné tant de richesses à certaines personnes pour qu'elles se gorgent de jouissances,
mais pour qu'elles en fassent part à leurs
frères indigents; il a lu cela dans l'Évangile...
Quelquefois il menace de prendre ce qu'on lui
refuse : il a tort, mais n'est-il pas digne de tout
notre intérêt? Désarmons-le par la charité.

Cher lecteur, aidez-moi à plaider la cause
de l'indigence, mais soyez discret et prudent,
plus que moi. Les dames dont je parle sont
susceptibles, irritables, hautaines et vindica-
tives. Quand on leur dit la vérité, elles se
fâchent, et quand on les a froissées, elles ne
pardonnent pas. Jamais elles n'ont compris le
commandement du Sauveur : « Aimez vos
frères comme vous-mêmes; que ceux qui ont
donnent à ceux qui n'ont pas; faites du bien
à tous, même à ceux qui vous maudissent et
qui vous veulent du mal. Ainsi vous ressem-
blerez à votre Père céleste, qui fait pleuvoir
sa rosée sur les justes et sur les injustes. Votre
récompense sera grande dans les cieux; je
regarderai comme fait à moi-même tout ce que
vous aurez fait pour le moindre de vos
frères. »

VI

**Bienheureux ceux qui ont le cœur pur,
car ils verront Dieu**

A ce point de vue, les dames qui fréquen-
tent la messe de midi peuvent toutes se féliciter. Élevées dans l'innocence, ignorantes du

mal, pleines d'horreur pour tout ce qui est malséant, elles n'entendent prononcer le nom du vice qu'avec dégoût. Leurs maris n'ont rien à craindre ; puissent-ils être aussi fidèles !

Elles aiment la galanterie, je l'avoue ; elles font de grands frais pour s'attirer l'attention des hommes, elles subissent des modes contraires à la pudeur, elles vont à des spectacles fort dangereux, mais presque toujours par condescendance pour leurs maris et sans que jamais la pureté de leur cœur en soit le moins du monde altérée. Il n'y a pas même de péril pour elles, interrogez-les, tant leur vertu est inébranlable !

Voilà pourquoi la morale publique est devenue si conciliante en leur faveur. Aujourd'hui, en plein christianisme, la matrone la plus austère et la vierge la plus naïve peuvent se montrer à demi-nues aux regards des hommes, pourvu que ce soit au bal, sans choquer personne ; il est de bon ton qu'elles se laissent enlacer dans leurs bras et emporter ainsi dans les tournoiements d'une danse voluptueuse, au sein d'une atmosphère échauffée et au son d'une musique enivrante, sans que personne y voie ni inconvenance ni danger ; enfin tout ce que la coquetterie la plus raffinée et la plus dégagée peut mettre en œuvre pour exciter les passions, est permis aux femmes par nos mœurs de salon, tant qu'elles sont en soirée. En dehors de là, c'est tout autre chose: la plus audacieuse n'oserait pas se montrer dans la rue. Les gamins lui jetteraient des pierres et de la boue.

C'est à peu près l'histoire des dames païennes aux mystères de Bacchus et de Vénus, ou celle des sorcières au sabbat. Tout était permis durant la fête et pendant la nuit; mais le jour venu, tout cela eût été horrible. Il fallait reprendre vite les habitudes d'une austère pudeur; les dames de l'époque jouaient très-habilement cette comédie.

S'il faut en croire certains récits des hivers parisiens, le génie moderne de la coquetterie est en progrès sur celui des siècles païens; il a trouvé le moyen, non-seulement d'imiter les métamorphoses des dieux de la fable, mais d'en augmenter les piquantes nudités, sans encourir les pénalités portées par les lois contre les outrages publics à la morale. On peut espérer, la mode aidant, que le type le plus parfait de la toilette de bal, pour la haute bourgeoisie, se rapprochera de plus en plus de la simple mise des dames de la Polynésie.

Admirez la vertu de nos Françaises qui voient ou font ces jolies choses sans aucun

détriment de leur pudeur ! Pour elles, ces
amusements bizarres et indécents ne sont que
de naïves bouffonneries. Leur cœur, au milieu
de ces scènes, est d'une innocence, voyez-
vous... qui ne permet pas le soupçon.

Elles vont à tous les théâtres, elles assistent
aux drames les plus passionnés, elles se livrent
aux émotions les plus redoutables, sans y
éprouver jamais un mauvais sentiment. Au
contraire, elles y apprennent à détester ce qui
est mal, et elles n'y ressentent que du dégoût
pour ce qui est immoral; revenues chez elles,
au sein de leur jeune famille, elles donnent les
plus édifiantes leçons à leurs filles. Auriez-
vous l'impertinence d'élever le moindre doute?

La politesse ne le permet pas; mais croyez-
vous, mesdames, que de bons exemples donnés à vos filles ne seraient pas aussi efficaces
que de simples leçons? Je pourrais vous raconter plus d'une histoire à l'appui de mon
opinion; mais je craindrais d'abuser de votre
attention et de retarder quelqu'un de vos
plaisirs.

VII

Bienheureux les pacifiques

Vous aimez la paix, mesdames, j'en atteste les efforts que vous faites pour la maintenir dans vos ménages et pour vivre en bonne harmonie avec tout le monde. Vous en comprenez le prix et vous en éprouvez le besoin. Que de concessions ne faites-vous pas aux caractères difficiles ! Que de zèle et d'habileté ne déployez-vous pas pour gagner tous les cœurs, pour dissiper les nuages et faire régner la joie partout où vous êtes !

Quand même on ne connaîtrait ni votre religion ni votre vertu, qui en sont le principe et la garantie, il suffirait de voir l'aménité de vos visages et la gracieuse urbanité de vos manières pour en être pleinement convaincu. Quel être assez bourru pourrait ne pas être touché de procédés si polis et si délicats ?

Si donc cette aimable paix ne règne pas toujours dans votre maison, ce ne peut être que par la faute de vos maris, évidemment. Les maris d'aujourd'hui ont si peu de religion, la

3

plupart, et, partant, si peu de vertu! Dieu seul sait combien ils font souffrir leurs femmes, ces anges de piété et de douceur, qui ne les contrarient jamais sans nécessité et qui n'ont que leurs larmes pour défense!

On dit, je le sais, que les rôles sont quelquefois renversés; que certaines femmes sont méchantes comme des démons, et certains maris doux comme des agneaux; que ces mégères ne peuvent ni vivre en paix ni permettre à personne d'y être auprès d'elles, et qu'elles font mourir de chagrin l'époux dont elles auraient dû faire le bonheur; mais celles-là n'ont ni foi, ni cœur, ni raison. Elles ne vous ressemblent pas, mesdames, et vont rarement à la messe.

Combien le monde est méchant! Il prétend et répète, sans tenir compte des exceptions, que deux femmes ne peuvent vivre ensemble sans se taquiner et se quereller; il ajoute même qu'une foule de prétendues dévotes ne sont pas moins acariâtres que les autres. N'est-ce pas là une calomnie, une énorme exagération? Je suis trop bienveillant peut-être, mais je n'ai rien vu de semblable de votre part. Vous savez supporter les défauts d'autrui, vous n'imposez les vôtres à personne, vous ne connaissez ni la haine ni la jalousie; votre bouche ne médit jamais, vos paroles sont pleines de suavité, et vos actions sont animées par la charité. Qu'il paraît facile de vivre en bonne intelligence avec vous!

Vous faites souvent de piquantes et spirituelles plaisanteries, mais c'est pour égayer la conversation; vous critiquez vos parentes ou vos amies, mais c'est pour les faire parler en les obligeant à se défendre; vous disputez quelquefois, mais c'est pour élucider les questions; vous ne cédez pas toujours, mais c'est seulement quand vous avez raison; vous êtes inébranlables, mais c'est quand le devoir parle et que la conscience oblige.

Par exemple, madame H. est brouillée avec sa voisine. Mais était-il possible de s'entendre avec une pareille créature? Elle est prétentieuse et sotte au dernier degré; elle a le plus vilain caractère qui soit au monde, toujours susceptible et toujours contrariant; elle ne comprend pas même les égards qu'elle doit aux gens. Les anges du ciel se brouilleraient avec elle. Est-il étonnant que madame H., qui est simplement un ange de la terre, n'ait pu la supporter?

Vous connaissez madame H. : elle n'a pu vivre avec son mari, qui était un drôle d'homme; c'est une maîtresse femme, comme disent nos campagnards. Depuis vingt ans, elle soupire après la paix et la demande à Dieu dans ses prières.

Sera-t-elle exaucée? Les personnes qui la connaissent prétendent que non. Pourtant elle ne manque guère d'assister aux messes de l'après-midi.

VIII

Bienheureux ceux qui sont persécutés pour la justice.

Beaucoup de dames croient que le temps des persécutions est passé et ne reviendra plus; en conséquence, cette maxime n'a plus d'objet pour elles.

Jamais elles n'ont compris ces paroles de S. Paul: « Tous ceux qui veulent vivre avec piété en Jésus-Christ seront persécutés. » (2 Tim. III, 12.) Peut-être n'ont-elles jamais été assez bonnes pour s'attirer l'envie des méchants et pour avoir l'occasion de pratiquer ces conseils du divin Maître: « Aimez vos ennemis, faites du bien à ceux qui vous haïssent, et priez pour ceux qui vous font la guerre et vous calomnient. » (S. Matth. v. 44.) En con-

séquence elles n'ont guère goûté cette huitième
béatitude : « Vous serez bienheureux lorsqu'on vous chargera d'injures, qu'on vous
persécutera et qu'on dira faussement toute
sorte de mal contre vous à cause de moi. Ré-
jouissez-vous et tressaillez d'allégresse, parce
qu'une grande récompense vous est réservée
dans les cieux. » (Id. II-12.) Ces dames aiment
mieux jouir sur la terre.

Or, grâce à la tolérance de notre siècle et à
leur habileté pour accommoder les choses du
monde avec celles de Dieu, elles n'éprouvent
guère de contradiction, ni dans leur ménage,
ni dans la société. D'abord, le peu de dévotion
qu'elles ont ne porte point ombrage à leurs
maris : ils en sont plutôt flattés ; et quelques-
uns même leur en souhaiteraient davantage,
pour des raisons qu'ils disent tout bas. Ensuite, elles ont une religion si large et une
conscience si flexible, sur les points les plus
délicats de la théologie pratique, qu'elles ne
sont jamais embarrassées pour concilier les
choses les plus inconciliables. Elles ne consul-
tent pas même leurs confesseurs, quand elles
en ont ; d'ailleurs ne sont-ils pas obligés de
les croire sur parole ? Or, manquent-elles
jamais d'excuses ? N'ont-elles pas la volonté de
leurs maris, leur santé, la force des circons-

tances, et, avec cela, l'éternelle pureté de leurs intentions? Enfin qu'on le sache bien, elles abandonneraient toutes leurs dévotions si on les tracassait : elles n'y tiennent pas tant !

N'y a-t-il pas d'autres religions plus amusantes et plus commodes? Les protestants ne se confessent pas, ne jeûnent pas, ne font point pénitence; ils ne sont tenus qu'à se rendre au temple le dimanche et à lire la Bible, dans laquelle on prend et on laisse ce qu'on veut.

Madame P. avait trouvé mieux encore : c'était le spiritisme, qui est venu à la suite des tables tournantes, mais qui n'est plus de mode. Cette religion était enseignée par les Esprits, qui la prêchaient en faisant toute sorte d'espiègleries; ils vous amenaient d'outre-tombe les morts que vous demandiez, et ces morts vous disaient les choses les plus intéressantes. Il y avait des scènes à faire pleurer, d'autres à faire peur, d'autres à faire mourir de rire. Puis, après la mort, il y avait la métempsycose, la renaissance dans d'autres corps, des migrations dans les astres, des mariages nouveaux et des plaisirs variés à l'infini. Que de jolies choses pour des âmes qui courent après les émotions et les aventures! Beaucoup de dames ont émigré de ce côté, et quelques-unes

en sont devenues folles. Mais aujourd'hui le
vent tourne à l'indifférence. Les âmes les plus
capricieuses restent en observation : elles at-
tendent que le diable invente quelque nou-
veauté saisissante, disent les malins.

Pour moi, je crois que le sens commun
triomphera toujours. Car le bon sens est quelque chose de si fort dans notre chère France !
Dieu prenne pitié des pauvres têtes qui en sont
dépourvues et qui ne s'en doutent pas!

———

CONCLUSION.

Notre Seigneur avait dit : « Nul ne peut servir deux maitres, Dieu et l'argent. » Les apôtres et les premiers fidèles avaient pris cette parole à la lettre et ne croyaient pas qu'on pût allier le service de Dieu avec celui du monde. Ils avaient la simplicité de fuir les fêtes païennes, de ne plus paraitre aux théâtres, et de mener une vie austère, partagée entre le travail, la prière et les bonnes œuvres; plusieurs même poussaient la ferveur jusqu'à vendre leurs biens, pour en donner le prix aux pauvres et se faire un trésor dans le ciel. Bonnes gens, que la foi sauvait ! Nos chrétiens d'aujourd'hui ont trouvé, parait-il, le secret de garder avec profit leur argent, et même d'y ajouter parfois honnêtement celui d'autrui. Les grandes dames ont dit aussi : « Avec le ciel, il y a des accommodements. » Elles vont à toutes les fêtes du monde, à tous les spectacles, à tous les plaisirs, de jour et de nuit, sans se brouiller avec le bon Dieu. Pour se tirer des promesses de leur baptême, les unes ne

croient plus au diable, et les autres soutien-
nent qu'il ne vient jamais où elles vont. Bref,
elles ont la prétention, après avoir joui de toutes
les douceurs de la vie présente, malgré l'Évangile et les Épitres, d'entrer comme les autres
dans le paradis; quelques-unes même ont
conçu l'espoir audacieux de se faire conduire
en cabriolet jusqu'à la porte et d'y pénétrer en
robe de bal.

Nous verrons qui sera le plus fort, de Dieu
ou de ces dames.

3.

AUX HOMMES

—

J'ai pris la liberté d'adresser quelques conseils aux dames, dans leur intérêt et dans le vôtre ; elles les ont si bien accueillis, que je ne puis trop les en féliciter et que je tiens à vous le dire. Comment aurais-je pu résister ensuite au désir qu'elles m'ont exprimé de posséder un opuscule analogue au leur, qui fût composé tout exprès pour vous ? Présenté par des mains si gracieuses, il ne peut manquer d'être reçu avec faveur.

Veuillez croire, messieurs, à mes sentiments tout fraternels.

T. d'A.

PETITS PORTRAITS

DE

GRANDS MESSIEURS

Je ne suis point allé sur le seuil des églises pour vous considérer, Messieurs, comme je l'ai fait pour les grandes dames. J'aurais craint de ne pas vous y rencontrer en assez grand nombre; ou, du moins, ceux que j'y aurais trouvés n'auraient point été les types dont ces dames désirent le portrait.

En effet, les hommes qu'on voit à la messe sont de vrais chrétiens, des catholiques convaincus, fervents, modestes, dont les vertus privées font le bonheur de leurs épouses et l'édification de leurs familles. A ceux-là je ne pourrais offrir que mes félicitations et mon respect : toute critique expirerait dans ma bouche.

Que ne puis-je vous adresser à tous, Messieurs, le même compliment !

Le temps n'est plus où l'opinion publique flétrissait l'irréligion et même l'indifférence. Nous y avons gagné de ne plus voir des hommes aller à l'église par respect humain, ou pour obéir à la mode, ou pour se faire remarquer, comme font encore certaines chrétiennes dont j'ai signalé les dévotieux travers. Mais ce léger avantage, compense-t-il les scandales de l'impiété et l'abaissement du niveau moral ?

L'athéisme ose lever la tête jusque dans nos Assemblées nationales et vomir les plus grosses injures contre le catholicisme, à qui la France doit ses plus belles gloires ; la seule précaution oratoire qu'on ait prise a été de le nommer cléricalisme , comme Néron revêtait les chrétiens de peaux de bêtes pour les faire dévorer. On espère que vous vous y laisserez prendre ; qu'en pensez-vous, Messieurs ?

De conséquence en conséquence, nous arrivons aux enfouissements civils : le chrétien baptisé est enterré comme la bête, si sa famille ne le protége pas... C'est le dernier

terme de la fureur anti-chrétienne, j'espère ;
que peut-elle au-delà du tombeau ?

Etes-vous réservés à cette humiliation ? La
désirez-vous ? Ou bien l'avez-vous en horreur ?
Je ne sais, parce que j'ignore vos sentiments
religieux.

Allez-vous souvent à l'église ? N'y allez-vous
jamais ? Où vous trouverai-je pour vous connaître, pour vous étudier, pour vous dessiner ?
Je suis fort embarrassé de la promesse que
j'ai faite aux dames, et pourtant je veux tenir
à ma parole.

I

Quel sera notre sujet ?

Il me faut un terrain commun sur lequel je
puisse vous voir réunis en grand nombre et
me permettre des comparaisons. Où le trouverai-je ?

Sera-ce la politique ? Non, vous êtes tous
divisés et incapables de vous entendre. La politique ! c'est le domaine maudit de la dis-
corde. Eloignons-nous.

Vous prendrai-je au point de vue religieux ?

Tout serait bientôt dit. Les uns ne croient à rien et nous échappent ; d'autres croient à peu de chose et ne pratiquent pas. Un bon nombre ont conservé la foi de leur enfance, dans un coin de leur cerveau, comme ils ont gardé leur brassard de première communion dans un écrin bien fermé, mais sans y songer et sans en user. Une dernière catégorie est restée plus fidèle, mais avec des variantes notables.

Parmi les premiers, n'y a-t-il point d'athées, je veux dire de fanfarons qui font les athées ? Car je ne crois pas à la transformation des hommes en bêtes ; j'aimerais mieux en revenir aux loups-garous, qui étaient plus poétiques.

Ces prétendus athées ne sont-ils pas quelquefois des malades, dont l'esprit et le cœur se putréfient dans un matérialisme abject ? Leur estomac ne supporte pas les remèdes vulgaires ; offrons-leur à digérer ces petites phrases de Voltaire, leur grand docteur :

« L'athée, fourbe, ingrat, calomniateur, brigand, sanguinaire, raisonne et agit conséquemment, s'il est sûr de l'impunité de la part des hommes ; car, s'il n'y a pas de Dieu, ce monstre est son Dieu à lui-même. Il s'immole tout ce qu'il désire, ou tout ce qui lui fait obstacle ; les prières les plus tendres, les meilleurs raisonnements ne peuvent pas plus sur lui que sur un loup affamé... Si le monde était gouverné par des athées, il faudrait autant être sous le joug immédiat de ces êtres infernaux qu'on nous peint acharnés contre leurs victimes. » *(Leç. de littérat. class.)*

S'ils ne sont pas mariés, gardez-vous de leur chercher une compagne ; s'ils en ont une, plaignez-la.

Qu'aurions-nous à dire aux plaisants bipèdes qui croient descendre des singes ? Car il y a des créatures de Dieu, dans notre siècle de progrès, qui aiment mieux provenir des bêtes que de lui. Singulière manière d'entendre la noblesse d'origine !

Faut-il les prendre au sérieux ? Faut-il les féliciter de ce qu'ils ne doivent plus rien au Maître du ciel et de ce qu'ils sont libres de vivre à la mode de leurs aïeux ? Car les mœurs des singes sont très-commodes, et Messieurs leurs fils seront au large... Éloignons-nous, cela sent mauvais !

Si vous jugez à propos de leur chercher des guenons pour les marier, je ferai des vœux pour qu'elles soient stériles ; car on ne voit pas que la société ait beaucoup à gagner dans la propagation de l'espèce.

Faut-il entreprendre les sceptiques, qui cherchent aussi à se débarrasser de Dieu, de ses commandements et de son jugement futur? Non, ce serait peine perdue. La plupart ne veulent pas croire, ils ont trop grand'peur de la morale chrétienne.

Ceux qui sont de bonne foi ne sont pas plus pressés d'aborder ces questions; ils aiment tant leur tranquillité! Le moment n'est pas venu... Ils y penseront plus tard, quand ils se seront bien amusés ou bien reposés, et surtout quand ils seront morts : ce sera tout simple.

Attaquerai-je tant de braves gens, qui vénèrent Dieu au fond de leur cœur, mais qui ne croient pas avoir le loisir de penser à lui et de vaquer à son service, tant leurs affaires les absorbent? J'y perdrais mon temps, comme les prédicateurs y perdent leur latin et même leur plus beau français.

Les prêtres ont beau invoquer le sens commun et leur dire : « Dieu ne vous a mis au monde que pour mériter le ciel, et vous n'y songez pas! C'est pourtant la seule chose nécessaire! Il vous a donné une loi pour vous guider, et vous n'en prenez aucun souci? » Ils leur répondent invariablement : « Et nos occupations? Et notre commerce? Et nos familles? Et l'avenir qu'il faut assurer?... — Est-ce qu'il ne faut pas assurer avant tout votre éternité? D'ailleurs, Dieu ne vous défend ni de travailler, ni de faire du commerce, ni de veiller sur vos familles, ni de leur assurer un avenir; au contraire, il vous en fait un devoir. Car tous ces soins peuvent se concilier avec la pratique de sa religion. Entendez-vous? »

Là-dessus, les plus maussades se fâchent et s'en tirent par une phrase blasphématoire. Les plus polis sourient aimablement, et puis parlent d'autre chose.

Quant à ceux qui n'ont pas abandonné les pratiques religieuses et qui se font honneur d'être enfants de l'Eglise, n'ont-ils pas aussi leurs divergences et quelquefois des torts graves? Par exemple, on nous en signale qui affectent une indépendance inexplicable, qui font les esprits forts à leur manière et qu'on appelle catholiques libéraux : ils veulent en remontrer au Pape. Jadis c'était beaucoup d'en remontrer à son curé! Aujourd'hui le progrès du siècle a mené plus loin certains esprits orgueilleux. Ils en sont venus à vouloir primer sur le Vicaire de Jésus-Christ et sur les conciles. Je ne parle pas des évêques et du menu clergé, qui ne pèsent rien devant eux.

Ces catholiques révolutionnaires ne nous écouteraient pas; ils n'écoutent pas même l'Eglise!

Malheureusement, en fait de religion comme de politique, tout le monde s'imagine être connaisseur. L'écolier, dont le menton commence à se couvrir de quelques poils, s'érige en docteur et discute gravement les décisions des évêques ou les encycliques du Pape. Que sera-ce donc quand il sera bachelier? quand il aura barbouillé quelques feuilles de papier timbré chez un notaire ou un avoué? quand il aura acheté une place?... ou bien quand il ne sera plus commis, mais qu'il signera: monsieur X... et Ce?

Ne suspectez pas leurs intentions: s'ils veulent réformer l'Eglise, c'est pour la sauver. Car elle va périr si elle ne se jette pas dans leurs bras; toute la société moderne va lui passer sur le corps, si elle ne renonce à ses vieux principes pour suivre leurs conseils; mais ils se chargent, en fils dévoués, de suppler aux lumières du Saint-Esprit, qui semblent lui faire défaut.

L'Eglise, qui a eu pour maître Jésus-Christ et qui compte sur son assistance jusqu'à la fin des siècles, qui d'ailleurs sent sa force et jouit de quelque expérience dans l'art d'élever les générations, s'est indignée que de pareils marmots, tard venus, s'avisassent de lui donner des leçons ; elle les a dédaignés.

Vous me direz : « Elle a bien fait ; mais que nous importe, à nous, qui ne sommes pas de ces théologiens sans brevet ? Prenez un autre sujet qui nous convienne à tous, par exemple l'honnêteté ; car chacun de nous, croyant ou incrédule, a la prétention légitime d'être au moins un honnête homme.

Ah ! Messieurs, que dites-vous ? Cette prétention, en se généralisant trop, n'a-t-elle pas perdu tout droit à la confiance ? Qui ne veut être honnête homme, même parmi ceux qui le sont le moins ?

L'homme politique qui n'a pas de conscience, qui ment, qui trompe, qui viole les plus saintes lois de la vérité et de la justice, s'estime le plus honnête homme du monde.

Le fonctionnaire public qui abuse de sa charge pour s'enrichir injustement, qui vend ses faveurs et qui exploite ses concitoyens, renonce-t-il au titre d'honnête homme ? Non, non. Ecrivez honnête homme.

Et le marchand cupide, qui fraude sur la quantité ou sur la qualité de sa marchandise, et qui rit de la naïve confiance des acheteurs ? Honnête homme.

Et l'ivrogne, qui déshonore sa famille, qui réduit à la misère sa femme et ses enfants, et ne leur donne que des injures et des coups pour apaiser leur faim? Encore un honnête homme.

Et le libertin, qui trahit l'amitié et ne respecte pas même le lien conjugal? Honnête homme, honnête homme.

Qui n'est pas honnête homme, enfin? Au bagne même, il n'y a guère que d'honnêtes gens.

Non, sur ce terrain, moins que sur tout autre, nous ne pouvons nous entendre.

Ces dames m'ont demandé de prendre vos portraits en ménage. J'avais d'abord refusé, craignant qu'elles n'y missent de la malice. Mais, toute réflexion faite, elles ont peut-être raison.

Donnons-leur ce plaisir.

II

Le prétendant.

Il ne s'agit pas de prétendants politiques. Rassurez-vous, gens peureux, nous ne conspirons pas.

Nous voulons parler du jeune homme, catholique ou libre-penseur, qui cherche une épouse. Question grave et pratique !

On dit dans le monde que la sincérité n'est pas la vertu des prétendants, ni trop souvent celle des prétendues. De part et d'autre on se fait beau, savant, vertueux, chrétien, riche surtout, et l'on ne se connaît pas de défauts ; ou bien ceux qu'on a sont des défauts charmants, qui ne peuvent que hâter la conclusion du mariage.

Les hommes, qui jouent le rôle actif, ressemblent assez aux joueurs d'échecs peu expérimentés, qui ne songent qu'à enlever les pièces de leur adversaire et qui oublient de couvrir leur propre jeu ; pendant qu'ils cherchent à tromper et à prendre, ils sont trompés et pris.

Entre nous, on devrait y mettre plus de sincérité. C'est un jeu terrible, où le trompeur s'expose aux plus amers regrets.

Le prétendant sage et chrétien cherche dans la religion une garantie contre les déceptions trop communes : il veut une femme pieuse, et il a cent fois raison. Plus il est fervent et sensé, plus il tient à une piété solide et éclairée.

Le prétendant peu chrétien, mais doué de

bon sens et instruit des mœurs du temps, désire aussi une femme qui ait de la religion. Il suffit toutefois à ses desseins qu'elle en ait assez pour lui garder la foi conjugale. Car, si elle en avait trop, peut-être oserait-elle lui dire en de graves circonstances : *Non licet*; ce qui veut dire en français : « Si l'homme commande ce que Dieu défend, il vaut mieux obéir à Dieu qu'à l'homme. » Or, il y a des maris qui prétendent, contrairement à l'oracle du Saint-Esprit, que leurs femmes doivent s'exposer à la damnation pour leur faire plaisir.

Cette prétention exorbitante n'est jamais exprimée d'une manière aussi claire dans les programmes du prétendant. On s'en garde bien. Au contraire, ces programmes sont en général fort bienveillants et fort dévots; la plupart sont si soigneusement accommodés aux goûts de la demoiselle qu'on les dirait sortis de sa plume ou dictés par elle.

Alexis B... est un joli garçon : il est grand, il a la taille bien faite, les cheveux frisés, deux petites moustaches, les yeux doux et les dents blanches. Il est docteur en droit et avocat, sans cause pour le moment, mais tout le monde lui en promet. Avec cela, il héritera d'une assez jolie fortune en terres et maisons;

il a un oncle au palais, un cousin à la cour...
Que d'espérances !

Voilà un jeune homme facile à marier,
dites-vous ; on se le disputera.

— Pas autant que vous le croyez. Les prétendants sont discrets ; celui-ci ne vous a pas
tout dit. Vous a-t-il confié que sa santé est
mauvaise, et qu'il le doit à des désordres dont
le monde des étudiants garde un triste souve-
nir ? Vous a-t-il avoué qu'il a fait de nombreuses dettes et que les biens de ses parents sont
grevés de grosses hypothèques ? Enfin, savez-
vous qu'il n'a jamais eu de religion, à l'instar
de son père, et que ce défaut de principes religieux est très-peu rassurant pour une femme
chrétienne ?

— Que dites-vous ? je le vois à la messe tous
les dimanches, lisant dévotement dans son pa-
roissien, sans lever les yeux, et faisant des
signes de croix avec une piété touchante ; je
crois même l'avoir vu plusieurs fois au sermon pendant le carême...

— Je ne serais pas surpris que vous le vis-
siez en outre au confessionnal, le jour que
madame V... et sa fille y seront elles-mêmes.
J'ai ouï dire qu'un hypocrite poussa l'audace
et la fourberie jusqu'à se présenter à la sainte
Table, entre la demoiselle dont il convoitait la

4

main et sa mère dont il cherchait à tromper
la juste défiance.

— Est-ce que vous le croyez capable?...

— De tout.

— Mais...

— Je le connais; c'est un libertin sans conscience. Il veut épouser mademoiselle V...,
parce qu'elle est très-riche, et il a besoin de
lui persuader qu'il est rempli de foi, parce
qu'elle ne consentira jamais à prendre un
homme d'une vertu douteuse. Voilà le secret
de cette dévotion renforcée. Mais il n'obtien-
dra point cet ange de piété, parce qu'elle
saura bientôt sa conduite et ses vrais sentiments.

— Par qui?

— Par tout le monde; par moi, et c'est nécessaire... Suis-je assez franc? Epargnez à
votre protégé ses actes d'hypocrisie et con-
seillez-lui de s'adresser ailleurs.

Le même jour, un ancien condisciple d'A-
lexis le sondait personnellement, à l'instiga-
tion d'un ami secret des parents de la demoiselle : « Bonjour, Alexis. On dit que tu es
devenu dévot? — Oui, oui. — Je ne te connais plus. Quoi donc? — Je suis tout changé.
— Allons, farceur; quelle a été la cause de ta
conversion? — L'envie de me marier. — Tu

veux prendre une femme dévote? — Oui,
parce qu'elle est très-riche; et puis, c'est plus
sûr... — Tu t'y connais; mais, s'il faut ensuite
que tu observes les commandements de Dieu
et de l'Eglise, mon pauvre garçon, que devien-
drais-tu? » Pour toute réponse, Alexis fit un
geste significatif que la politesse ne permet
pas d'exprimer, et serra la main de son cama-
rade en jetant un grand éclat de rire, comme
on jettent les démons quand ils rient. Cette
conversation fut rapportée par un tiers à la
famille intéressée, et le mariage n'eut pas lieu.

Si j'avais à donner des conseils, en pareille
rencontre, à un prétendant honnête et sensé,
je lui dirais : Soyez sincère et ne cherchez
point à tromper celle que vous désirez pour
compagne de votre vie. Car vous seriez le premier dupe de votre supercherie, et vous l'ex-
paieriez par le long supplice d'un ménage mal
assorti. Mais défiez-vous aussi des pléges
qu'on vous tend. Les demoiselles — qu'elles
me pardonnent ! — ne sont pas toutes sincères ; elles ne valent pas toujours ce qu'elles paraissent. Tel qui croit épouser un ange, se
trouve douloureusement surpris d'avoir épousé
un petit démon.

Et pour le consoler, on dit la plupart du
temps : C'est sa faute.

III

Le mal marié.

Messieurs, vous vous plaignez quelquefois d'être marié avec une femme qui ne vous convient pas. Mais qui a fait le choix? n'est-ce pas vous? Si les dames avaient le rôle actif dans le choix de leur mari, je comprendrais que vous vous en prissiez à elles. Est-ce la vôtre qui est allée vous chercher?

— Je la croyais meilleure.

— Vous vous êtes trompé, à la bonne heure. Mais avez-vous procédé, dans ce choix si important, avec toute la maturité et la sagesse qu'il fallait y apporter?

D'abord avez-vous prié Dieu de vous faire connaître celle qu'il vous destinait? Avez-vous mérité, par vos dispositions et par votre conduite, d'obtenir cette faveur signalée? La sainte Écriture l'appelle une grâce au-dessus de toute grâce temporelle : « Heureux le mari d'une bonne épouse; car le nombre de ses années sera doublé. C'est un riche partage qu'une vertueuse épouse! Le Seigneur la donne à l'homme qui le craint, en récompense de ses bonnes œuvres. » (*Eccli. XXVI.*)

Ensuite avez-vous cherché la vertu avant tout? Avez-vous préféré les qualités de l'esprit et du cœur au rang et à la fortune? Il y a tant de gens qui font le contraire!

Monsieur A., qui se plaint très-haut de sa femme, est un homme d'argent, fils d'un financier, issu d'un banquier, descendant d'un proconsul de la république, voleurs de père en fils. Il était riche, mais il ne trouvait pas l'être encore assez; il voulait donc une femme qui triplât ses revenus. La question d'argent dominait tout pour lui, comme il arrive trop souvent parmi les financiers.

Dans un certain monde, vous le savez, on traite un mariage comme une affaire de commerce ou de banque. Rien n'est curieux comme le langage des courtiers. Leur première question est invariablement celle-ci : » Quelle est la fortune des parents? Quelle sera la dot? » Souvent ils ne vont pas plus loin. On n'attache qu'une médiocre importance aux autres renseignements.

Le père de monsieur A., par exemple, avait trouvé pour lui un excellent parti. La jeune personne était riche, c'était tout à ses yeux; et, en même temps, elle était pieuse, douce et

4.

modeste : c'était double chance. Elle eût fait le bonheur de son fils. Tout était conclu, quand la famille de cette jeune personne éprouva un petit revers de fortune. Adieu tous les projets ! C'était trop pour monsieur A.; il rompit le mariage.

Quelque temps après, on lui parle de la fille d'un millionnaire. Voilà une affaire !... Il court chez le curé du lieu, pour s'assurer de la fortune, et l'interroge en son style d'agioteur : « Cette demoiselle est-elle bien ? — Je ne sais trop, répond vaguement le vénérable pasteur, qui m'a raconté le fait. Elle a été élevée dans un pensionnat de Paris; je connais peu ses vertus. Je la vois quelquefois à l'église. — A-t-elle du moral? — Je le suppose; elle paraît vertueuse.., — Ce n'est pas cela, du moral ! Entendez bien, a-t-elle de ce qui se compte, de l'argent enfin, puisque vous ne comprenez pas à demi-mot? — Monsieur, nous n'en sommes pas encore venus ici à confondre le moral avec l'argent. Quant à ce métal précieux, que vous paraissez estimer au-dessus de tout, elle en a autant que vous en pouvez désirer. » Le père, enchanté, n'en demande pas davantage. Il rapporte la chose à sa femme et à son fils, qui tressaillent de joie et de désir.

On fait des démarches; les jeunes gens se voient une fois et se conviennent, et le mariage est conclu.

Aujourd'hui, monsieur A. se plaint du caractère de sa femme et même un peu de sa conduite. Ils se querellent tous les jours entre eux, et déjà on parle de séparation... Qu'en dites-vous? Ces gens-là ne sont-ils pas ridicules? Un peu plus de réflexion et moins d'avarice, avant la célébration du mariage, eussent été plus à leur place que ces plaintes tardives.

Pourquoi se pressaient-ils tant? Pourquoi s'imaginaient-ils que l'argent supplée à tout? C'est bien leur faute. Voilà ce que tout le monde dit.

Monsieur et madame de C. n'ont pas été plus sages, dans un autre genre. Ils disaient, il y a vingt-cinq ans, le jour de la naissance de leur fils : « S'il naît une fille à monsieur et madame de B., nous la demanderons pour notre fils; voilà un mariage tout fait. » Vous auriez manifesté votre surprise, ils vous auraient répondu : « Les convenances l'indiquent : le nom, la fortune, la position réciproque des familles; voilà des raisons péremptoires. — Mais si les jeunes gens ne se conviennent pas? — L'intérêt de famille avant tout. — Quoi! vous ne consulterez pas les goûts de ceux que vous voulez unir par un lien indissoluble ? — Des enfants bien nés ne doivent avoir que des goûts conformes à leur honneur ; et les parents n'en sont-ils pas les meilleurs juges ? — Vous ne leur permettrez pas même de se voir et de se connaître ? — Nous ferons une visite à la famille et nous conclurons le mariage sur place. Les jeunes gens se feront alors des politesses et, croyez-le bien, seront charmés l'un de l'autre. — Peut-être, mais après ?... »

Leurs vœux furent accomplis. Madame de B. eut une fille au bout de six ans. Le jour du baptême, les familles se virent, et le mariage fut résolu, comme une équation algébrique dont les deux termes sont identiques. Vingt ans plus tard, ces deux enfants étaient unis par les liens sacrés, et l'année suivante, ils étaient désunis, pour ne plus jamais se réunir. Leurs caractères étaient incompatibles.

A qui la faute ?

Quand les parents profiteront-ils de pareilles leçons ? et quand les jeunes gens seront-ils moins sots ?

Le jeune comte de F. vient de perdre son épouse ; elle s'est enfuie avec un riche américain en Icarie, pays de la liberté. Autre histoire ! A-t-il lieu de s'en plaindre ? Vous en jugerez. Il a été élevé, comme tant d'autres, dans une de ces écoles où il n'y a ni foi ni mœurs. Ses parents, quoique catholiques par le baptême, y faisaient peu d'attention : ils se rassuraient sur ce que l'honneur était héréditaire dans leur famille. Leur fils apprit peu de chose ; mais il était riche... Puis il avait de la grâce, il savait se peigner, se friser, marcher et saluer avec élégance, danser et jaser, fumer et boire, sans excès. Il se tenait bien.

Aussi ses parents, enchantés, ne lui avaient jamais rien refusé. Il en avait usé et abusé, mais en gardant les convenances. Le père et la mère, amateurs des théâtres, l'y menaient fréquemment pour compléter son éducation. Ils le croyaient si sage et si solide ! Mais quelle déception les attendait !

Il s'éprit d'un amour insensé pour une actrice de l'Opéra. A l'entendre, elle était de bonne famille, mais pauvre ; elle avait les plus belles qualités, et il ne lui manquait que la fortune. N'était-il pas assez riche pour se passer d'une dot et pour se donner une femme à son goût ? Bref, il déraisonnait, il était fou, malade... Il voulait sa danseuse.

Son père se montra sévère pour la première fois ; mais n'était-ce pas un peu tard ? Il lui enjoignit de quitter la maison paternelle et la

France. Le fils obéit, mais il revint bientôt majeur, et il épousa la jeune fille, malgré sa famille.

Dès lors, il fut brouillé avec tous ses parents et repoussé par eux avec mépris. C'était justice !

Or, cette femme, à laquelle il a tout sacrifié, vient de l'abandonner... Elle se conduisait mal, il a cru devoir lui adresser des reproches sévères, et le dénoûment ne s'est point fait attendre. Pensez-vous que le comte de F. n'ait pas bien mérité ce qui lui est arrivé ?

Je pourrais citer cent histoires du même genre. Car les mal mariés ne sont pas rares, et c'est presque toujours leur faute.

Saint François de Sales disait avec esprit que le mariage est un ordre dans lequel on s'engage sans avoir fait de noviciat, et qu'il y aurait peu de profès si l'épreuve précédait la profession. Et cependant le monde, qui approuve tant d'imprudences, n'a de blâme que pour les jeunes filles qui s'engagent dans l'état religieux, après mûre réflexion !

Messieurs, choisissez bien vos épouses, et ne méritez jamais le reproche d'avoir procédé comme des fous dans une affaire aussi grave.

Monsieur de L. prétend avoir fait son choix avec toute la prudence possible ; mais il accuse

sa femme d'avoir changé depuis son mariage.
Pour lui, il est resté le même : il a toujours
été mauvais.

Pendant les premières années de son ménage, elle était pieuse, modeste, douce et do-
cile ; elle ne connaissait rien de plus agréable
que son intérieur de maison et la compagnie
de son mari ; elle ne pensait ni à faire parler
de sa beauté, ni à déployer un luxe ruineux,
ni à courir les soirées et les spectacles. Aujourd'hui, c'est tout autre chose ; elle ne se
contente plus des joies de la famille, elle fait
et reçoit de nombreuses visites, elle veut être
de toutes les fêtes, elle court le monde et déjà
devient l'objet d'intrigues très-peu rassuran-
tes. Dira-t-on que son mari a manqué de dis-
cernement et qu'il aurait dû prévoir ce changement fâcheux ?

Non, personne ne dira cela ; mais on dira
autre chose.

IV

Le Mari libre-penseur

Monsieur de L. est un libre-penseur, qui
affectait d'abord un grand respect pour la re-

ligion, et qui ensuite ne tarda pas à s'en moquer. Il était charmé d'avoir une femme
pieuse, mais il trouva bientôt fort amusant de
la plaisanter sur ses dévotions, sur sa délicatesse de conscience, sur ses prétendus scru-
pules ; et il ne s'apercevait pas de l'impression
funeste que faisaient ces discours sur la jeune
âme de srn épouse. Il ne se gêna plus et ne
craignit pas d'émettre, en sa présence, ses
maximes sceptiques sur toutes les religions,
sur les dogmes les plus redoutables, sur les
points de morale les plus gênants, enfin sur
tout ce qui retient les âmes dans le devoir. Il
racontait des histoires bouffonnes sur le ciel
et sur l'enfer, sur la confession, sur la messe
et sur les prêtres, qu'il semblait regarder tous
comme des niais ou des fourbes.

Ce langage coupable et maladroit portait
ses fruits. Madame de L., qui avait une trop
grande confiance dans les lumières de son
mari, commença de croire qu'elle avait été trop
crédule. Sans rien avouer, elle devint de moins
en moins fervente ; elle n'eut plus autant de
goût pour la prière et pour les offices de
l'Eglise ; elle éloigna les époques de ses confes-
sions et de ses communions ; puis elle n'y tint
plus que par une sorte d'habitude. C'en était
fait de la foi de son enfance.

Elle n'était jamais allée au spectacle, son mari l'y conduisit souvent; elle n'aimait pas les soirées bruyantes, il la força de l'y accompagner et de s'y présenter dans le costume le plus leste; elle avait des goûts sérieux, il lui en inspira de mondains et de frivoles; en un mot, il la transforma, sans songer aux conséquences.

Mais tout changement d'esprit et de goût amène un changement de mœurs. Dès lors, cette femme, naguère modeste, s'ennuya chez elle; son âme ardente avait besoin d'un aliment, qui lui manquait depuis qu'elle avait perdu Dieu. Elle le chercha dans le bruit et les amusements du monde, et s'y jeta sans réserve. Le monde la trouva charmante et lui prodigua ses éloges; sa tête et son cœur furent pris à la fois. On put déjà prévoir qu'elle irait loin et que l'amour de son mari ne la retiendrait pas.

Ce fatal changement se serait-il opéré, si monsieur de L. lui eût donné l'exemple de la fidélité à ses devoirs de chrétien, ou si du moins il l'eût encouragée dans ses pratiques de piété? Non; cette jeune femme eût continué d'y trouver son bonheur, et de préférer à tout la compagnie de son mari et de ses enfants. Le vide ne se serait pas fait dans son cœur, et

5

il n'y aurait point eu de place pour des plaisirs frivoles.

Ensuite, la conduite de monsieur de L. était conforme à ses principes. Car qui dit libre penseur, dit libre viveur. Entre nous, messieurs, ne dissimulons pas. Quand on ne croit à rien, on ne respecte rien; les passions font la loi. On peut garder les apparences, mais on ne se refuse guère que les satisfactions impossibles. La fidélité conjugale, en particulier, est un mot dont on fait bon marché; vous savez jusqu'où vont les oublis sur ce point.

Madame de L. s'aperçut donc que son mari vivait comme il parlait, et se fit ce raisonnement : « S'il n'y a pas d'enfer pour les hommes, il n'y en a pas davantage pour les dames. Pourquoi subirions-nous la contrainte d'une morale austère, si ces messieurs reconnaissent qu'elle n'est pas obligatoire ? En marchant sur les traces de mon mari, qui passe, à juste titre, pour un homme de mérite, je ne cours pas grands risques... Allons, mettons-nous au large; courons aux fêtes, amusons-nous, ayons des intrigues et des amants. »

Leurs enfants déjà raisonnaient de même et maudissaient les entraves qu'on imposait à leurs caprices. Les garçons disaient tout haut à leur mère : « Quand nous serons grands, nous ferons comme papa. » Les petites filles rougissaient et n'osaient répéter ces paroles audacieuses ; mais elles pensaient de même : « Aussitôt que nous le pourrons, nous irons aux fêtes du monde, comme maman. »

Voilà une famille bien lancée !

V

Le Mari jaloux.

Monsieur de L., dont nous venons de raconter brièvement l'histoire, devint jaloux de sa femme, mais si jaloux qu'il ne pouvait s'en taire.

N'eût-il pas mieux fait de n'en rien dire et de se couvrir le visage, en se frappant la poitrine ? C'était le cas de faire son *meâ culpâ*.

Quand on viole le premier sa foi et qu'on se moque en toute occasion de ceux qui s'en font scrupule, a-t-on bien le droit de formuler des plaintes si amères ? Le public répond qu'on est puni par où l'on a péché ; et, comme il est malin, il en rit de bon cœur.

A Dieu ne plaise que je fasse l'apologie d'une épouse infidèle ! Rien ne saurait la justifier.

Mais, est-il plus permis à un mari de donner à sa femme de justes sujets de jalousie? Il me semble que le bon exemple doit toujours venir d'en haut.

D'autres sont moins coupables, mais ne sont pas moins maladroits; j'en citerai un seul exemple.

Monsieur de G. a un beau nom et une belle fortune; il ne lui manque qu'une dose d'esprit ordinaire. Vous me direz que le monde pourtant n'est pas fort exigeant en pareil cas, et qu'on pourrait citer de bien pauvres sires qui ne font pas trop mauvaise figure dans un salon, quand ils savent être, à la fois, gracieux et discrets. C'est vrai, mais monsieur de G. n'atteint pas ce niveau. Quand on a voulu le marier, les demoiselles de son rang se sont toutes refusées à devenir son épouse, et elles ont eu la méchanceté de dire pourquoi.

Il s'est mis en colère et s'est écrié : « Je les en punirai; je prendrai, dans un rang moins élevé, une femme qui les éclipsera toutes par sa beauté, son esprit et ses talents. Elles expieront leur dédain. »

Il a donc cherché dans les rangs de la bourgeoisie, et il a trouvé une jeune personne élégante, spirituelle, vraiment distinguée, qui a consenti à l'épouser par un sentiment d'ambition. Chacun disait : « Comment ne voit-il pas qu'une femme si intelligente ne se plaira jamais dans sa compagnie? A quoi s'expose-t-il! » Le pauvre fou n'en pensait pas si long.

Heureusement, sa jeune épouse était aussi vertueuse que belle et remplissait tous ses devoirs en conscience. De ce côté ne devait pas venir le danger.

Mais le cher homme fut le premier éclipsé par sa femme. Lui-même y prêtait la main. Sentant sa propre incapacité, il répondait à tous ceux qui lui proposaient quelque affaire : « Il faut que j'en parle à ma femme. » Le jardinier ou ses fermiers venaient-ils lui dire : « Monsieur, voulez-vous que nous plantions ces arbres ici, ou cette vigne par là? » Ils étaient sûrs de sa réponse : « J'en parlerai à ma femme. » Au bout de quelque temps, on trouva plus court de s'adresser directement à madame. Comme elle avait du caractère et de la décision, elle se trouva tout naturellement investie de l'autorité. Elle gouvernait tout, répondait à tout et faisait tout. Bientôt on ne parla plus de monsieur de G., pas plus que s'il eût été mort et enterré. Il n'était question que de madame, au château et dans les environs; on eût dit qu'elle était veuve.

Son bon mari, trouvant qu'elle s'acquittait

de tout à souhait, l'encourageait volontiers et ne se lassait point de l'admirer. Chaque fois qu'il sortait et allait visiter ses parents ou ses amis, il ne tarissait pas sur les louanges de sa femme.

Hélas ! les choses de ce monde sont bien peu stables, et les empires eux-mêmes ont leurs révolutions ! Une conversation outrageante de deux valets sur la nullité de monsieur, changea toutes ses idées ; il sentit qu'il était mis à l'écart et il en fut profondément blessé. La jalousie s'empara de son faible cœur, et il résolut de montrer qu'il était le maître.

Le jour même, il appelle sa femme et lui retire le commandement de sa maison ; il lui signifie avec hauteur qu'elle ait à s'occuper de sa toilette et à lui laisser le soin de toutes les affaires. Surprise, elle se tait et obéit.

Imaginez-vous un général qui vient de prendre une place d'assaut, et qui la parcourt dans tous les sens avec un air de triomphe. Vous n'aurez qu'une légère idée de la fierté superbe de ce mari victorieux, reprenant possession de ses droits ; sa portée d'esprit vous permet de conjecturer quelle dût être la sagesse de ses actes. Il allait et venait, s'enquérant de tout, multipliant les ordres, faisant

déplacer les meubles, changeant les attribu-
tions de ses domestiques et leur déclarant que
désormais ils n'obéiraient qu'à lui. Ces pauvres
gens, moins sots que leur maître, avaient beaucoup de peine à s'empêcher de rire.

Faut-il raconter toutes les tracasseries qu'il
fit subir à sa femme par représailles et pour
lui faire sentir son autorité? On s'imagine
bien à quelle épreuve il dut la soumettre.

Ce n'était, néanmoins, que le commencement de ses peines. Je ne sais quel méchant
homme, peut-être un libertin repoussé, s'avisa
d'éveiller une autre sorte de jalousie, bien
plus redoutable, dans le cœur de monsieur
de G., en lui faisant croire que des intrigants
lui disputaient l'affection de sa femme. Depuis lors, il est dans une agitation inexprima-
ble; il la fait garder à vue, jour et nuit, par
ses domestiques; on le voit lui-même, son
fusil sur l'épaule, tournant le soir autour de
sa maison. Tout le village s'amuse de lui : on
se demande s'il est devenu fou. Quelques-uns
répondront qu'il l'a toujours été. Songez que
de plus il est maintenant jaloux !

La vie de cette malheureuse épouse n'est
plus supportable. Il la regarde avec des yeux
inquiets et soupçonneux; il interprète mal
toutes ses paroles et toutes ses actions; il veut

savoir à qui elle écrit et de qui elle reçoit des
lettres; il ne la laisse plus sortir sans l'accompagner et s'assied partout à ses côtés. Malheur à elle si un homme de bonne mine la salue avec trop de grâce, ou lui donne quelque
signe de sympathie! La pauvre tête du mari
s'exalte et le peu d'esprit qui lui reste est aux
champs.

Si cette femme était moins solidement chrétienne et si elle ne puisait dans la religion la
force de supporter des peines si peu méritées,
ne serait-elle pas bien tentée de chercher au
dehors et dans des affections dangereuses une
compensation et une sorte de consolation? Que
de maris trop soupçonneux ont expié par là
les excès d'une injuste jalousie!

Mais, aussi combien ne dut-elle pas se repentir d'être sortie de sa condition, et d'avoir
accepté par ambition un mari qui n'avait
point les qualités nécessaires pour la rendre
heureuse! Ah! elle en est assez cruellement
punie.

Double leçon, qui n'est pas la première et
qui devrait instruire les jeunes époux! Mais
les sages seuls en profitent, et ce sont eux qui
en ont le moins besoin.

VI

Le Mari maussade.

Voici ce que disent les dames : « Nos maris sont fort aimables pour nous pendant les premiers mois de leur mariage ; mais ensuite ils cessent peu à peu de se contraindre et deviennent quelquefois si maussades, que nous ne les reconnaissons plus. Pauvres femmes, timides et faibles, nous n'avons d'autre ressource que de pleurer et de nous résigner, par amour pour la paix. S'il nous arrive quelquefois de laisser échapper une plainte, le monde ne nous croit pas. — Quoi ! nous répond-on, vous vous plaignez de votre mari, qui semble être la douceur même ? Vit-on jamais un homme plus poli, plus gracieux, plus accommodant ? Vous êtes trop heureuse d'être si bien partagée ! — Et l'on suppose que nous avons des caractères trop difficiles. Voilà toute la justice qu'on nous rend. »

Vous entendez la plainte, messieurs ; elle est exagérée sans doute, comme la plupart des plaintes. Mais est-elle dénuée de tout fondement ? Quelques-uns d'entre vous n'y donnent-ils pas lieu ? D'un tort, on en fait dix, et

5.

vous voilà tous en cause. Ne vous semble-t-il pas bon de faire appel à l'honneur des maris, pour qu'on ne vous compromette pas davantage?

Vous vous récriez aussitôt : « Ce sont les femmes, au contraire, qui changent d'humeur et de procédés. Après avoir été douces, modestes, obéissantes, affectueuses et disposées à faire plaisir, elles deviennent revêches, orgueilleuses, entêtées, acariâtres, querelleuses et portées à la contradiction. Le mari, dont les droits sont toujours les mêmes, est obligé d'y mettre de l'autorité; et puis la dame se plaint de n'être plus assez ménagée, assez adulée..... A qui la faute?

Je constate votre réponse, messieurs, sans la discuter; et, pour éviter tout conflit, je me borne à vous demander si un mari maussade ne doit pas se corriger. Votre réponse étant affirmative, vous me permettrez de vous citer deux exemples.

Monsieur II. est un homme bizarre et violent, qui change plus souvent que la lune. Il est quelquefois d'une humeur fort agréable, qui charme tout le monde; d'autres fois il se fâche pour des riens et se met dans une colère épouvantable. Au dehors, il sait se contenir et passe pour un homme bien élevé; mais, s'il a été contrarié, il vient décharger sa bile dans sa maison. Au premier mot qui le blesse, il éclate, il s'emporte, il vomit des flots d'injures. Ce n'est plus cet homme gracieux et poli qui était si délicat dans le choix des expressions; mais c'est un portefaix grossier, qui parle le langage des poissardes. Il faut l'avoir entendu pour s'en faire une idée. Si on ose lui adresser une observation, sa fureur redouble; il grince des dents, il blasphème, il écume, il fait peur à voir. Ses enfants eux-mêmes s'enfuient épouvantés et n'osent plus l'aborder le reste du jour.

Pour les rassurer après l'orage, il les appelle et leur offre des bonbons; il les caresse, les embrasse et joue avec eux. Car il les aime tendrement. Mais, pour peu qu'ils l'agacent ensuite par des jeux trop bruyants, ou qu'ils dérangent ses papiers, ou qu'ils renversent sa poudrière ou son encrier, il se met à rugir de nouveau comme un lion, et agite ses bras d'une façon si terrible, que les pauvres petits ne savent où se cacher.

Souvent il se fâche aussi contre sa femme pour des vétilles; il la menace, il lui montre ses poings fermés et l'accable des qualifications les plus injurieuses qui composent le vocabulaire de la canaille. Nul doute que, si elle lui tenait tête, il la battrait bel et bien. Mais elle prend la fuite au plus vite et se hâte de mettre une porte entre elle et lui.

Vous croyez peut-être que ce sont là des faits rares, qui arrivent deux fois en dix ans? Monsieur H. ne passe point de semaine sans subir, au moins une fois, cette transformation en bête féroce. Pensez-vous que ce soit bien agréable pour sa femme et bien édifiant pour ses enfants?

Si cet homme, qui se dit chrétien, avait un peu de religion et allait plus souvent à l'église qu'au café, pour y puiser des vertus que le cigare et les liqueurs ne donnent pas, ne porterait-il pas plus dignement les titres d'époux et de père? Qu'en dites-vous? Si vous le connaissez, donnez-lui ce conseil.

Monsieur d'I. n'est point aussi grossier et aussi violent; mais il est despote, tracassier et capricieux. Il administre sa maison avec une autorité si jalouse et dans un tel détail, que sa femme ne peut acheter seulement un balai sans son agrément. Si elle s'avisait d'imiter les autres dames dans l'arrangement du ménage, il la rappellerait à l'ordre avec hauteur et dureté.

Il se mêle de mille choses qui ne regardent point un homme et auxquelles il n'entend

rien; ce qui fait rire ses domestiques. Malheureusement, il croit s'y entendre mieux que
personne, et trouve mal invariablement ce
qui est fait par les autres sans sa participa-
tion ou plutôt sans sa direction; car ses avis
sont des ordres, et, si on ne les a pas suivis,
on peut être sûr d'être l'objet de ses récriminations pendant des semaines entières.

Vous croyez que madame d'I. est au moins
maîtresse de sa toilette et qu'il lui laisse là
toute sa liberté? Pas du tout. C'est lui qui
détermine l'étoffe, la couleur, et la forme de
ses vêtements; il ne lui pardonnerait pas de
préférer son goût au sien. Il refuserait de la
mener avec lui, et la poursuivrait de ses quolibets pendant toute la saison.

Elle a essayé plusieurs fois de s'affranchir;
mais le despotisme de son mari n'en est devenu que plus lourd. Après quelques querelles
assez vives, elle a compris que le ciel lui avait
donné, pour exercer sa vertu, un de ces tyrans
domestiques auxquels il faut toujours céder,
quand on veut avoir quelque paix, ou simplement quand on ne veut pas être traité
comme une vile esclave; et elle s'y est résignée.

Cet homme éprouve un tel besoin d'exercer
la patience de ceux qui sont condamnés à le
servir, qu'il semble chercher les occasions de

taquiner et de contredire. Il a de ces moments étranges où il est décidé à vouloir blanc quand on veut noir, et à répondre non quand on lui demande oui ; il dirait oui, s'il savait qu'on désirât non. Esprit bizarre et méchant ! Combien sont à plaindre ceux qui sont forcés de subir son joug !

J'en pourrais citer d'autres qui ont des caprices non moins extravagants et qui les imposent à leurs femmes. Mais ne serais-je point accusé de faire un réquisitoire contre les maris, qui sont loin d'être tous aussi maussades, et dont un si grand nombre auraient plutôt besoin de consolation ?

Combien votre cause serait plus belle et plus facile à défendre, messieurs, si vous saviez tous vous préserver de ces maussaderies impardonnables, dont les exemples ne sont point assez rares !

VII

Le Mari bon à rien.

Il est sur cette terre des hommes excellents, qui ne sont bons à rien. Soit incapacité, soit paresse, soit l'une et l'autre en même temps, ils se réduisent gaiment au rôle trop modeste du végétal, qui s'engraisse des sucs de la terre, produit quelques feuilles et quelques fleurs, et meurt ensuite sans avoir rendu le moindre service à l'humanité.

Monsieur de N. est de ce nombre ; c'est ce qui met sa femme en colère. Il n'est pas riche, mais il a des parents haut placés et des amis puissants, qui lui procureraient une place honorable et lucrative, s'il le voulait. Son peu de fortune et le nombre croissant de ses enfants paraissent lui en faire une loi ; son épouse, qui est intelligente et ambitieuse, ne cesse de le lui répéter. Mais, au lieu de chercher à se pourvoir d'une charge, il semble en avoir peur. C'est un fainéant émérite, qui préfère la vie oisive d'un rentier sans considération à l'honneur et aux avantages d'un poste élevé, où il faudrait se donner quelque peine.

Il n'a jamais travaillé. Au collége, il ne faisait rien, soit qu'il n'aimât pas l'étude, soit qu'il comptât sur l'héritage de son père. En revanche, il était gai, bavard, grand mangeur et grand dormeur ; c'est par là surtout qu'il s'est distingué. Il avait une de ces figures larges et rubicondes, toujours souriantes, qui font plaisir à voir. Vous auriez cru lire sur son front et dans ses yeux : « Je m'appelle sans-souci ; ne me veuillez pas de mal, je suis le meilleur enfant du collége. »

Il a terminé ses classes, sans avoir fait d'études, et il a manqué d'être reçu bachelier. C'est qu'il n'a pas voulu s'en donner la peine! Il le dit et en rit. Cela vous étonne? Vous êtes bien naïf! Son père le plaça dans une étude d'avoué; mais il dissipait tous les clercs, on le pria de se retirer. Son père le fit entrer dans une banque; mais il brouillait tous les comptes et mettait le désordre; on le remercia poliment. Son père, une troisième fois, voulut en essayer; il lui paya un petit fonds de commerce. Là, il pouvait rire et bavarder en faisant des affaires. Mais bientôt on s'aperçut qu'il vendait toujours moins cher qu'il n'achetait, sans pouvoir, disait-il faire autrement. Le déficit croissant tous les jours, sa famille crut devoir prendre un parti héroïque : elle le maria.

Il est resté le même. C'est bien le meilleur homme qui soit au monde; il ne ferait pas pleurer un enfant, à plus forte raison sa femme, qu'il aime tant! Mais ne lui parlez pas de travailler; il a horreur de toute espèce d'affaires.

Si vous voulez le voir dans toute sa gloire, prenez-le dans un dîner de famille, au foyer domestique. La bonne chère, le vin, la joie du festin, le mettent en verve et lui donnent des tours d'esprit dont on ne l'eût pas cru capa-

ble. Il est jovial, il est plaisant, il a de bons
mots, il rit de la meilleure grâce et il chante
admirablement le glou-glou de la bouteille.
C'est là son triomphe. Cet homme était né
pour avoir deux cent mille francs de rente et
pour tenir table ouverte à ses amis.

Malheureusement, ses rentes ne lui suffisent
pas pour vivre honorablement; il est obligé
de prendre sur le fonds. Voilà ce qui désole
sa femme. Mais pour lui, il s'en console et
répond à ses objections en lui chantant un
couplet amoureux ou bachique.

Tout ce qu'il sait ou veut faire de sérieux,
c'est de diriger son jardinier dans l'arrangement de son parterre et dans la plantation de
ses arbustes. Tous les matins, dans le beau
temps, il va visiter ses fleurs, après un premier déjeuner. Puis il s'assied sur un banc,
pour lire son journal, et s'y endort. Il se réveille au son de la cloche qui annonce le repas
suivant, ou bien au bruit que font ses enfants,
qui viennent le chercher. Après le second déjeuner, il aime à converser et à badiner; si
on ne l'écoute pas, il continue son journal et
s'endort de nouveau, pendant la digestion.
Quand il se réveille et que la chaleur du jour
est tombée, il retourne à ses fleurs et jardine
un peu pour gagner le dîner. C'est ainsi que

se passe sa vie, sans faire de mal à personne, dit-il, mais sans faire de bien, ajoute sa femme.

Ce brave homme est toujours pressé. Vous auriez peine à le croire? Il s'imagine être très-occupé. Le temps lui manque pour faire ses propres affaires, et s'il n'avait une femme intelligente pour tenir ses comptes, il ne trouverait pas même le loisir d'inscrire ses recettes et ses dépenses. Allez le voir et lui proposer quelque chose à faire; vous le trouverez en retard, désolé, accablé, incapable de s'en tirer seul. Il ajournera toutes vos propositions. « Plus tard, nous verrons, attendez. » Puis, tout l'embarrasse, il ne sait à quoi se résoudre. Jamais il n'a rien conclu dans sa vie, jamais il n'a rien décidé, pas même son mariage; ce qu'il a paru vouloir, il l'a tout simplement laissé faire. Il mourra irrésolu.

Il est chrétien, dit-on, il croit tout ce que l'Eglise enseigne; sa femme le mène à la messe et le fait jeûner en carême et aux quatre-temps. Mais il ne se confesse pas; c'est que c'est une affaire, il ne peut s'y résoudre. Quand viendra la mort, il s'effrayera moins du jugement de Dieu que de son examen de conscience; il remettra la chose au lendemain, suivant sa coutume. Le lendemain sera l'éternité!

Il ne s'est jamais brouillé sérieusement avec

sa femme, il est trop bon pour cela! Mais il
boude toute la journée quand elle s'impatiente
jusqu'à murmurer entre ses dents : « Quel sup·
plice d'avoir un mari bon à rien ! » Ceci arrive
une fois par mois, quand elle est bien fâchée.

Excellent homme au fond. Mais s'il avait eu
un peu plus de cœur, se serait-il laissé adresser deux fois un reproche si humiliant ? Il
aurait cessé de le mériter depuis bien des années.

VIII

Le Mari flaneur et buveur.

Mademoiselle V. était à marier. Ses parents,
qui faisaient un commerce considérable, étaient
décidés à lui donner en dot leur maison et sa
clientèle. Il ne s'agissait plus que de lui trouver un mari rompu aux affaires, intelligent,
actif, capable enfin de faire valoir leur fonds.
Mademoiselle V. possédait éminemment les
qualités d'une maitresse de magasin, et ne
ferait jamais défaut à son mari.

La question de religion fut mise de côté, les
parents n'y regardaient pas. On pensa qu'un
habile commerçant en aurait toujours assez.

Le jeune R., qui se présentait, déclara d'ailleurs qu'il en avait suffisamment. C'était un

jeune homme bien fait et parlant avec élégance, qui avait beaucoup voyagé pour la maison de son père et qu'on supposait habitué au commerce. Le mariage fut conclu et célébré avec grande pompe, au milieu des rêves de bonheur, suivant l'usage. Puis vinrent les heures sérieuses.

Monsieur R. avait beaucoup voyagé, disons-nous; mais, au lieu d'y prendre les habitudes d'un habile et sage négociant, il y avait pris celles du flâneur et du buveur. En conséquence, sous prétexte d'affaires, il se promenait en ville du matin au soir, allant s'asseoir de café en café et gagnant à peine ce qu'il dépensait. Lorsque sa femme découvrit ce triste secret, jugez si elle fut mécontente! Elle employa vainement les reproches, la prière, les pleurs, l'intervention de ses parents; rien n'y fit.

Ce n'est pas que monsieur R. soit méchant ou entêté. Au contraire, il est bienveillant et faible; il promet tout ce qu'on veut. Pour vous faire plaisir, il irait jusqu'au bout du monde, mais en flânant et en buvant. Vous le rencontrez dans les rues, le cigare à la bouche, une main dans sa poche, ayant l'air pressé, comme s'il était poursuivi par l'ombre de sa femme. Mais la moindre chose l'arrête: une brillante devanture de magasin, un tableau qui attire les curieux, un singe qui gambade sur le pont, une vieille connaissance qui le rencontre et lui prend la main. Il ne sait pas résister, il se laisse entraîner au café, et il y oublie ses affaires, sa femme et le reste.

Quelquefois il y met un peu de malice... Ne le dites pas à madame. On l'a vu faire des courses à cheval avec deux ou trois amis, sans autre motif que de s'amuser, et puis feindre le soir de s'être beaucoup fatigué à poursuivre les clients.

Son plus grand malheur est d'aimer à boire et de boire souvent trop. Quand il est en face des bouteilles, il n'est plus maitre de lui-même; il boit jusqu'à perdre la raison. Deux ou trois fois par mois, on le ramène à son domicile dans un état d'ivresse plus ou moins complète. Quand il peut faire usage de ses jambes, il danse, il chante, il est d'une gaieté folle; il propose à sa femme de danser. La pauvre dame va pleurer. Quelquefois on le rapporte ivre-mort; on l'a ramassé sous les tables dans un cabaret, ou près d'une borne au coin des rues. Comme tout cela est amusant pour madame R. et édifiant pour ses enfants, auxquels on ne saurait assez le dissimuler !

Vous pensez qu'on n'en est pas venu là sans

qu'il y ait eu des scènes entre les époux. Il y a eu des colères, des reproches sanglants et des menaces de séparation. Monsieur R. a reconnu ses torts, pleuré, gémi, fait de nouvelles promesses, mais sans les tenir jamais; d'autrefois il s'est fâché, s'est éloigné et caché pendant plusieurs jours. Hélas! on ne manque point de mauvais amis et de mauvais conseils! Il trouvait des gens qui abusaient de sa faiblesse et qui lui apprenaient à noyer ses ennuis dans le vin. Il s'abrutit de plus en plus.

Si ce malheureux homme avait eu de la foi et qu'il eût demandé à la religion un remède à ses maux, il se fût arrêté sur la funeste pente où de dangereux amis le poussaient; il aurait compris ses devoirs d'époux et de père; il aurait eu honte de lui-même et serait revenu à des sentiments plus honorables; il aurait trouvé dans la prière et dans les sacrements la force d'étouffer sa redoutable passion.

IX

Le Célibataire et le Veuf.

On ne me pardonnerait pas d'oublier les célibataires et les veufs, qui occupent une place

trop marquée parmi vous. Ils auront l'honneur
de terminer cet opuscule.

Que dirons-nous d'eux? Peu de mots, parce
qu'il en faudrait dire trop, soit en bien, soit en
mal.

Ce sont des hommes à qui il manque quelque chose; les premiers ont besoin d'occupa-
tion, et les seconds de consolation.

Le célibataire est éminemment propre aux
grands dévouements. Mais il faut à son âme
un aliment sublime; ou bien il court risque de
tomber sous le joug des sens et de faire son
dieu de son corps. Voilà pourquoi les célibataires oisifs sont en général si mal famés, et
pourquoi je ne me charge pas de les défendre.

Les vieilles femmes ont une ressource qui
n'est pas permise à notre sexe : c'est d'élever
et de nourrir une troupe de chats ou une multitude de serins, ou bien encore de faire asseoir à leur table un joli caniche, qu'elles pro-
mènent ensuite par les rues, au bout d'un
ruban.

Pourtant, il est aussi des célibataires inoccupés qui trouvent moyen de se créer une
sorte de famille, en se faisant collectionneurs
d'animaux et d'oiseaux empaillés, ou d'insec-
tes, ou de champignons, ou d'antiquailles.
Monsieur de T. deviendra très-illustre par ses

collections ; déjà il s'est fait une réputation
parmi les amateurs de reptiles. Allez voir son
musée, vous en serez émerveillé : vous n'aurez
jamais tant vu d'aspics et de vipères, sans
courir le moindre danger. Monsieur de T. y
consacre non-seulement sa fortune, mais sa
vie. Il est au milieu de cette intéressante population depuis trente ans ; il a perdu en partie
ses cheveux, ses yeux, ses dents et ses oreilles,
et il y mourra. Il avait même conçu le dessein
de s'y faire enterrer ; mais un ami lui a fait
rayer cet article de son testament, pour l'honneur de sa mémoire.

La religion de Monsieur de T., s'il en a une,
doit être le culte des serpents. Il a été baptisé
et il a fait sa première communion ; mais on
ne l'a pas revu à l'église depuis qu'il a le
bonheur de posséder tant de peaux de reptiles.
Son musée est devenu son temple ; il en sort
à peine pour manger. S'il y a un paradis
pour les serpents, il ne saurait manquer d'y
entrer.

Si ce savant homme avait eu une femme et
des enfants, jamais il n'eût acquis cette grande
célébrité. Madame eût-elle permis qu'il s'en-
terrât vivant parmi ces bêtes ? Elle l'eût en-
trainé au bal, au spectacle, en visites, et adieu
la collection ! Ses enfants auraient gâté ses

peaux et brisé ses flacons d'esprit de vin. Puis les affaires du ménage... Qu'il est heureux de ne s'être pas marié!

Respect au veuf! La douleur et le malheur ont des droits à notre commisération. Le veuf a ses enfants pour le consoler et pour l'occuper, et souvent il porte lourdement la charge qu'une épouse eût partagée avec lui. L'estime et la sympathie générales lui sont acquises, s'il ne s'en rend pas indigne.

Mais qu'il cherche dans la religion l'aliment et la garantie de sa vertu. Car, si le vide de son cœur n'est rempli par l'amour de Dieu, il ne sera peut-être pas longtemps digne de la considération qu'on a pour lui.

Est-ce qu'il existe une vertu solide sans religion?

Ceux qui le prétendent, ne le prouveront jamais. La grâce de Dieu seule donne la chasteté et surtout la persévérance.

CONCLUSION

Saint Paul a dit : « La piété est utile à tout ; et c'est à elle que les biens de la vie présente et ceux de la vie future ont été promis. » (I, *Tim. IV.)* Vous en convenez tous, messieurs, quand il s'agit des dames ; et vous ajoutez aux raisons de l'Apôtre des motifs personnels qui sont légitimes.

Mais la religion vous est-elle moins nécessaire qu'aux dames ? N'est-elle pas aussi le premier de vos devoirs ? N'est-ce pas elle seule qui peut vous ouvrir le ciel ? Enfin ne contribuerait-elle pas à vous rendre meilleurs et plus heureux dans cette vie ? Toutes les dames l'affirment avec l'Église ; c'est une autorité.

Les scandales sont nombreux à notre époque. On n'entend parler que d'intrigues et de séductions, de ménages brouillés et séparés, de trahisons, de jalousies et de vengeances, ou pour le moins de querelles entre époux et de

procédés révoltants. Oseriez-vous bien dire
que les hommes n'y ont pas leur part?

S'ils étaient tous de bons catholiques, com-
battant généreusement leurs défauts, allant à
confesse avec le désir de se corriger, et pui-
sant dans la sainte communion la vertu qui
fait les saints, croyez-vous qu'il y aurait parmi
nous autant de viveurs, de libertins, de grossiers personnages et de tyrans domestiques?

Croyez-vous que des maris pieux et cons-
ciencieux n'exerceraient pas sur leurs femmes
une influence plus forte et plus heureuse par
l'ascendant de leur vertu, que par la colère,
les menaces et les voies de fait?

Tenez, entre nous, je suis persuadé que vous
auriez beaucoup moins à vous plaindre de vos
épouses, si vous valiez mieux, et que le plus
sûr moyen de réformer la société serait de
commencer par vous.

Vous riez? Nous sommes d'accord. Entre
gens de bonne foi, on s'entend toujours. Re-
tenez donc pour dernier mot cette sentence de
la Vérité éternelle : « La crainte du Seigneur
est le commencement de la sagesse. » *(Sap. et
Psal.)*

PETITS PORTRAITS

DE

GRANDES DEMOISELLES

A quel âge est-on grande demoiselle.

Pauline prétend que c'est à douze ans, aussitôt après la première communion, parce qu'elle en a treize et qu'elle dépasse de la tête toutes ses compagnes. Elle prend déjà des airs imposants.

Louise, qui est toute petite, à son grand déplaisir, mais qui a quinze ans révolus, trouve la prétention de Pauline bien exorbitante : « A la bonne heure, dit-elle en se rengorgeant, quand elle aura quinze ans ! »

Dernièrement une charmante petite fille de cinq ans me racontait une histoire personnelle,

6.

en commençant par ces mots : « Quand j'étais petite... » Ce qui voulait dire : « A présent, je suis grande. »

Ah ! pour le coup, c'est trop fort, dites-vous. A cinq ans !

Mais à treize, avec une belle taille et un air de petite matrone ? Que vous en semble ?

Et à quinze, sans être grande, mais avec un vif désir de le devenir ?

Pour moi, je ne tranche pas une question si délicate. Les docteurs sont partagés : les uns veulent qu'on ne tienne compte que de la sagesse, et les autres qu'on ait beaucoup d'égard à la taille. Si vous voulez m'en croire, nous laisserons à vos sages et prudentes mères une décision qui me semble tout à fait de leur compétence.

Nous supposerons qu'on est grande fille, plus ou moins, de dix-huit à cinquante ans ; après quoi seulement on est vieille fille.

C'est surtout à celles de dix-huit à vingt-cinq ans que nous prenons la liberté, avec leur permission supposée, d'adresser ce paternel opuscule.

I

La grande Demoiselle trop tôt.

Il y a un proverbe campagnard que vous connaissez, mesdemoiselles, et que voici : « La mauvaise herbe croit trop vite. »

Quoi ! vous vous récriez ? Déjà vous vous plaignez de moi ?... Ciel ! comme vous êtes promptes à juger les intentions et à prendre mal les choses ! Je ne veux ni vous défendre de grandir, ni prétendre qu'une croissance prématurée soit un crime. J'allais vous dire tout simplement, si vous ne m'aviez pas interrompu, qu'il ne faut point vous croire grandes filles trop tôt et vous donner des airs de femme, qui vous rendraient ridicules. N'ai-je pas raison ?

Vous en convenez ? Laissez-moi donc exposer ma pensée tout entière. Un exemple la rendra plus saisissante.

Charlotte était en pension depuis deux ans et n'y apprenait pas grand'chose. Ce n'était pas qu'elle manquât d'intelligence, mais elle

avait été gâtée par sa trop bonne mère, elle
était idolâtrée par son père, et elle ne sentait
ni le besoin de s'instruire, ni la crainte d'être
réprimandée. Jamais elle n'avait su se contraindre, et toujours on lui avait prodigué les
caresses, les éloges, les jeux et les plaisirs de
son âge. Quelle action ses maitresses pouvaient-
elles exercer sur elle? Cependant, comme elle
était douée d'une assez bonne nature, elle ne
faisait pas de grands écarts et vivait inaper-
çue parmi ses compagnes.

Mais à quatorze ans, elle grandit avec une
telle rapidité qu'elle atteignit promptement les
premiers rangs de sa division et que sa mère
émerveillée n'eut plus besoin de se baisser
pour l'embrasser. Au milieu de ce beau déve-
loppement physique, le moral de Charlotte
n'avait gagné qu'en amour-propre.

On dut la mettre avec les grandes. Ce jour-
là fut un jour d'orgueil et d'allégresse. Avec
les grandes à quatorze ans! Quel rapide avan-
cement! Une plus forte tête en eût été ébran-
lée.

Dans cette maison, néanmoins, les grandes
n'étaient pas les meilleures. Il en est de même
partout où la religion n'est pas la base de
l'éducation. Elles n'avaient plus la candeur
des petites et la naïve simplicité du jeune

âge; elles ne savaient plus s'amuser aux jeux innocents de l'enfance, et la vie écolière leur était à charge. Plusieurs s'ennuyaient à mourir. C'est que le monde avait déjà jeté dans leurs têtes des idées vaines et prétentieuses, des rêves insensés, et dans leurs cœurs des sentiments peu louables, les désirs inquiets, l'amour immodéré des spectacles frivoles. Elles ne s'entretenaient guère que de toilette, de mode, de bals, de mariages et d'histoires galantes; encore n'était-ce là que les conversations publiques. Je me tais sur des confidences plus intimes.

Vous me direz : Que faisaient donc les maitresses? Hé! madame la Directrice s'occupait d'administration avec sa cuisinière, surveillait le service de ses domestiques, recevait les parents et leur vantait son système d'éducation, puis sortait avec son mari pour aller en visite ou en soirée. Ne fallait-il pas bien qu'elle eût un peu d'agrément? Et n'avait-elle pas des sous-maitresses, qui la remplaçaient auprès de ses élèves bien-aimées?

Alors, que faisaient les sous-maitresses? Elles gagnaient de l'argent, comme la patronne, et cherchaient aussi le plus possible à s'amuser. Il y en avait de bonnes, rendons-leur justice; mais il y avait aussi de petites

bégueules (le mot est mérité), toutes pleines
de vanité et de pédantisme, dont le langage
et la conduite n'avaient rien d'édifiant. Pour
être populaires, elles faisaient toutes sortes de
concessions aux élèves. Puis elles avaient
leurs favorites, leurs mignonnes avec qui elles
tenaient de petits conciliabules, où l'on jasait
sur tout, où l'on faisait des lectures prohibées,
où l'on arrangeait des projets pour la pro-
chaine sortie.

Charlotte, en entrant dans ce milieu nouveau, s'y trouva fort bien ; ce genre frivole et
mondain allait à ses goûts. Elle en prit si vite
l'esprit et les manières, que ses parents en
furent effrayés, le premier jour qu'elle passa
chez eux. Ce n'était plus cette gentille enfant
qui s'amusait d'un rien auprès de sa mère et
qui lui confiait toutes ses pensées, mais une
fille prétentieuse et préoccupée d'elle-même,
qui cherchait à paraître, qui visait à l'effet,
qui avait les allures d'une coquette novice.
Elle préférait visiblement la compagnie des
jeunes gens à celle de ses anciennes compagnes, parce qu'ils lui faisaient des compliments et qu'ils flattaient son orgueil. Pauvre
sotte ! elle ne s'apercevait pas que ces éloges
étaient provoqués par ses petits airs affectés,
et qu'on se moquait d'elle.

Ses parents, suffisamment éclairés, voulurent lui faire la leçon; elle se fâcha, comme une grande personne offensée dans sa dignité, et, pour les en punir, bouda le reste du jour.

Ces mêmes avis furent souvent répétés, à toutes les visites, mais toujours sans succès. Le père, à la fin, se mit en colère et prit une courageuse résolution. Il se rendit à la pension, réclama sa fille avec ses effets, la fit monter dans une voiture, puis en chemin de fer, et la conduisit lui-même dans un couvent, à cinquante lieues de son domicile. Là, il lui dit, en la quittant : « Lorsque tu auras recouvré ton bon sens et ta simplicité première, nous reviendrons te voir, ta mère et moi. » Ensuite il partit, et Charlotte pleura.

N'a-t-il pas bien fait ? Que pouvait-il attendre d'une petite pimbêche de quatorze à quinze ans, qui faisait la grande fille et n'écoutait déjà plus ses parents ?

Deux ans après, elle est revenue de là fort sage et riant de sa propre folie. Les bonnes religieuses, avec l'aide du Saint-Esprit, l'avaient mise à la raison.

II

La grande Demoiselle trop tard.

Restez enfants le plus longtemps possible, mais de cette enfance naïve et pure qui obtenait les prédilections du Sauveur et lui faisait dire à ses disciples : « Si vous ne devenez semblables à ces petits enfants, vous n'entrerez point dans le royaume des cieux. » C'était l'innocence, l'humilité, la douceur, la docilité, les vertus évangéliques, qu'il voulait leur recommander par ces paroles. Puis il embrassait et bénissait ces petites créatures, dont la candeur allait si bien à sa belle âme.

Mais il n'aimait pas pour cela leurs défauts ; il entendait bien qu'ils crussent en sagesse et en grâce, comme en âge et en taille. C'est aussi, mesdemoiselles, ce qu'il demande de vous. Gardez les qualités de l'enfance, mais dépouillez les imperfections du jeune âge, et grandissez en vertu, en science, en vrai mérite, devant Dieu et devant les hommes. N'est-ce pas là tout le but de votre éducation ? N'attendez donc pas, pour y songer, que vous ayez dix-huit ans.

Élisa n'est pas méchante, mais on dirait qu'elle n'a pas encore atteint l'âge de raison. Et pourtant elle compte dix-neuf ans ! Je vous le dis tout bas. C'est incroyable ! N'en parlez à personne, dans son intérêt. Elle est petite de taille; mais à cause de son âge, la maitresse de pension l'a mise avec les grandes. Elle n'en est pas moins aussi légère et aussi peu réfléchie qu'une enfant de dix ans. Disons tout : elle est insouciante, paresseuse, étourdie, dissipée, ignorante par conséquent, oublieuse, négligente et désordonnée, dans sa conduite, dans sa tenue, dans toutes ses affaires.

Le désordre est peint dans sa personne. Regardez ce visage épanoui sous une chevelure mal rangée, cette toilette ébouriffée, ces mains et ces habits tachés d'encre, ces ongles noirs ou rongés jusqu'à la chair, cette chaussure à peine attachée, toute cette façon d'être enfin qui exprime la négligence.

Ouvrez sa boite, et voyez ses livres, ses cahiers, tous ses instruments de travail. Les livres n'ont plus de couverture, les cahiers sont en chiffons, tous les autres objets sont à demi brisés. Les papiers qui courent dans ce pêle-mêle sont ornés de figures les plus grotesques; elle a voulu peindre, dans ces caricatures, ou ses maitresses, ou ses compagnes, et elle n'a peint que les idées saugrenues qui sont entassées dans sa pauvre tête.

Ce n'est pas qu'elle dédaigne la toilette; elle l'aime autant que personne, et elle ne cesse de tourmenter sa mère pour obtenir de nouveaux vêtements et des plus beaux. Mais quand elle les a portés une fois et salis, elle ne s'en occupe plus.

Ses maitresses ont beau lui faire des observations, l'humilier même publiquement, elle n'en devient pas plus soigneuse. Elle rougit, pleurniche un instant, fait la moue, puis se remet à rire deux minutes après et recommence à s'amuser avec ses voisines, ou toute seule, si personne ne lui répond.

Elle ne s'instruit pas : elle ne sait pas même l'orthographe vulgaire. Si vous l'interrogez sur la grammaire, elle vous répondra des sottises. Si vous la questionnez sur l'histoire et la géographie, elle vous fera de César un empereur du moyen âge, elle prendra la capitale du Pérou pour celle du Danemark, elle ne saura pas ce que savent les gamins qui courent les rues.

Voilà notre Élisa. Je le répète, elle aura bientôt vingt ans. Quelle honte!...

Devenez grandes, mesdemoiselles, mais surtout par l'esprit et par le cœur. Ne souffrez jamais qu'on puisse dire de vous : Belle taille, mais petit esprit; beaucoup de prétention, mais peu de raison et peu de cœur. Devancez les années par la sagesse et le mérite.

III

La Riche Héritière.

Un beau nom est un riche héritage; lorsque la fortune s'y joint, le monde ne connait rien de supérieur.

La raison pourtant nous dit que le mérite personnel l'emporte sur tous les avantages extérieurs. Mais la raison est-elle écoutée, quand l'orgueil et la cupidité parlent, et que toutes les autres passions applaudissent?

La foi nous apprend aussi que la grandeur et les richesses ne sont point des bénédictions et que Notre-Seigneur a lancé contre elles ces terribles menaces : « Malheur à vous, riches, qui êtes saturés de délices et qui avez ici-bas votre consolation! Heureux plutôt les pauvres et ceux qui pleurent; car le ciel leur est réservé. »

C'est que la fortune est une source naturelle

d'orgueil, de dureté, de paresse, de sensualisme pratique, c'est-à-dire de défauts essentiellement opposés à l'esprit du christianisme.

Mais aussi est-il un plus beau spectacle que celui d'une noble et grande dame que la foi rend humble, douce, affable, oublieuse d'elle-même, et que la charité fait descendre de ses somptueux appartements vers la demeure du pauvre, au lit du malade indigent? C'est ainsi que la richesse obtient son pardon de Dieu et des hommes.

Or, ces admirables exemples ne sont pas rares. Vous les trouverez, mesdemoiselles, dans vos familles ou tout près de vous. Sachez les imiter.

Eugénie est née en très-haut lieu : les honneurs, l'argent, les flatteries et les voluptés ne lui manqueront point. Elle le sait trop bien. Dès la pension, elle le faisait sentir à ses compagnes, en les regardant avec hauteur ; sa morgue n'a fait qu'augmenter, lors de son entrée dans le monde.

Quand vous la voyez paraître dans sa dignité féminine de dix-huit ans, vous croyez voir une reine de théâtre escortée de tous ses aïeux. Elle porte écrit sur son front : Je suis la fille unique du duc A., fils du prince B., neveu du maréchal C., qui descendait des seigneurs DD.,

lesquels avaient dans leurs veines le sang de
Hugues Capet; et, par ma mère, du comte E.,
fils du comte F., petit-fils du baron G., issu
du marquis H., qui par sa bisaïeule venait de
l'illustre maison d'I., laquelle avait eu un de
ses ancêtres au siége de Troie, où il avait
épousé une des cent brus de la reine Hécube.

Quelle antiquité! Prosternez-vous, homme
d'hier, et baisez la terre, qui seule est plus
ancienne.

Ce n'est pas tout : elle est héritière de douze
châteaux, de quinze domaines, de trente équipages, de cinq cents domestiques, de mille
fermiers, de deux mille bêtes à corne, de je ne
sais combien d'étangs et de forêts, tout pleins
de poissons et de perdrix. Jugez de sa valeur!
Elle est très-persuadée qu'aucune femme ne la
vaut dans un rayon de cinquante lieues.

Mademoiselle, permettez à un humble mortel
de vous adresser une question : Vaudriez-vous
moins, si vous étiez née sous le modeste toit
de votre vachère et qu'à la place de ces beaux
habits, vous n'eussiez que de pauvres haillons,
mais avec un trésor d'humilité dans le cœur?...
Vous rougissez? C'est que vous n'avez perdu
ni la foi ni le bon sens. Mais prenez-y garde:
si vous ne devenez humble, la fille de votre
vachère, que je connais et qui est une sainte

fille, sera placée plus haut que vous dans les cieux. Encore n'est-il pas sûr que vous puissiez y entrer, même avec le secours de ses prières, si vous marchez par la voie large ; car la porte en est bien étroite pour de si volumineux atours et de si grands équipages !

Vous riez, mesdemoiselles? Ayez pitié d'elle. Vous ignorez combien il est difficile que la tête ne tourne pas à une fille de dix-huit ans, quand elle se voit si riche, si honorée, si adulée, quand de nombreux serviteurs s'inclinent devant elle comme devant une divinité, et quand de plus nombreux prétendants se disputent sa main, pour ne pas dire sa fortune. Si jamais vous êtes exposées à la même tentation, craignez tout de votre vanité et de votre faiblesse.

Clara n'est point noble, mais elle est la fille d'un riche parvenu, et elle n'en est que plus arrogante. Sa famille habite un palais, où le luxe éclate avec ostentation : un nombreux domestique, une multitude de solliciteurs, de flatteurs et de parasites, en font une sorte de petite cour. Tous les genres de plaisirs y abondent.

Clara n'était point naturellement sotte, mais elle le devient ; elle ne vaut plus à dix-huit ans ce qu'elle valait à douze. Il n'y avait point

dans son esprit et dans son cœur assez d'élévation et de vertu pour la préserver du vertige.

Son père était un petit banquier, que la fortune a porté au sommet de sa roue. Feignez de
l'ignorer; n'en parlez pas à sa fille, elle ne
s'en souvient plus. Adressez-lui plutôt quelque
compliment, laissez faire sa vanité, et écoutez :
elle vous racontera que son grand-père (elle a
aussi des aïeux!) a été ministre. — Peste! —
Et qu'il a fait des choses merveilleuses, que
la cour et la France ont admirées. — Cela
devait être. — Que sa grand'mère était dame
d'honneur de l'impératrice. — Voyez donc! —
Et qu'elle avait la plus grande influence auprès
de Sa Majesté. — Comme cela grandit mademoiselle Clara! — Que sa propre mère voyait
de temps en temps l'Empereur et qu'on l'invi-
tait aux bals de la cour. — Quel honneur! —
Enfin que mademoiselle Clara, en personne, a
eu l'insigne bonheur de danser dernièrement
avec le prince Napoléon. — Oh! mademoiselle,
pour le coup, il ne vous reste plus qu'à mourir,
de peur que vous ne descendiez de ces hautes
régions.

Vous pouvez juger si cette bonne Clara se
croit du mérite, et si elle vous honore peu
en daignant vous confier ainsi ses glorieux
secrets !

IV

La petite Bourgeoise.

C'est le nom dédaigneux que certaines filles de la fortune, du haut de leurs superbes équipages, donnent aux modestes demoiselles de la classe plébéienne, qui marchent à pied. Celles-là se montrent peu dignes du rang où la Providence les a élevées.

La petite bourgeoise offensée demande avec raison si ces jolies poupées, étalées dans leurs calèches comme des objets de luxe, valent bien les filles laborieuses qu'elles méprisent; si d'orgueilleuses fainéantes, qui ne savent faire autre chose que se pavaner en voiture ou dans un salon, rire et caqueter, festiner et danser, et se faire servir par des esclaves, ont quelque droit de jeter l'insulte à celles qui savent travailler, se passer de domestiques, se suffire à elles-mêmes et se rendre utiles à leur famille; enfin s'il ne pourrait pas arriver, dans un revers complet de fortune, qu'elles eussent besoin des simples bourgeoises, ne fût-ce que pour leur apprendre à faire la soupe?

Il y a de l'aigreur dans ces récriminations; mais il ne fallait pas les provoquer.

Les demoiselles de second et de troisième ordre ont de l'amour-propre et souvent de la jalousie. J'avouerai davantage. Pourquoi ne leur donnerais-je pas une utile leçon? Celle qui prononce avec mépris le nom d'aristocrate donnerait la moitié de son sang et peut-être son honneur pour devenir noble. Telle autre qui crie contre le luxe et la mollesse des riches, ne rêve que toilettes et n'aspire qu'aux douceurs corruptrices de l'oisiveté. Oh! si la bouche disait toujours ce que le cœur ressent, combien de querelles cesseraient aussitôt, et combien de visages seraient couverts de confusion!

Que les petites bourgeoises, à leur tour, entendent la vérité : peut-on leur pardonner la folle prétention de s'élever au-dessus de leur rang? Elles veulent faire les grandes bourgeoises, comme les grandes bourgeoises singent les duchesses. O nature humaine!

Personne aujourd'hui ne veut plus rester dans sa condition. Le plus petit propriétaire tranche du grand seigneur et tient à ce que sa fille soit huppée comme celle du maire ou du préfet.

Sara n'est qu'une ouvrière, mais elle est grande et jolie. Le dimanche et les fêtes chômées, vous la prendriez pour la jeune mar-

7.

quise de V. attendant son équipage, tant elle
est richement vêtue, superbement coiffée, élégamment chaussée et fièrement posée sur ses
deux hanches. Tout ce qu'elle possède et même
ce qu'elle n'a pas payé, elle le porte sur sa
tête ou sur son dos; d'un coup-d'œil vous
voyez toute sa fortune.

S'il vous prenait fantaisie de visiter le modeste réduit d'où sort une si brillante jeune
fille, vous seriez stupéfait. Semblable au pa-
pillon radieux qu'une merveilleuse métamorphose tire de la grossière dépouille d'une chenille, elle ne laisse dans ce bouge étroit que
des haillons et un lit de paille.

Pour lui faire plaisir et pour la corriger,
menez-la dans un salon : elle sera embarrassée, gauche, déconcertée, ne sachant où mettre
ses mains et comment placer ses pieds. Faites-
la parler : sa voix rude ou flûtée, son français
barbare, ses idées populacières, feront avec sa
toilette un contraste affreux et montreront à
tous combien il est ridicule de forcer son naturel.

On pardonne aux plus simples ouvrières et
aux plus pauvres filles un peu de luxe, dans
un siècle vaniteux; mais on ne pardonne à
personne des excès ruineux et des prétentions
ridicules. Enfant du peuple, ne rougissez point

de votre condition ; croyez bien que les gens sensés, et ils sont plus nombreux qu'on ne le croit peut-être, rendent bonne justice à vos vertus et à vos mérites.

V

La Belle vaniteuse

La beauté, mesdemoiselles, est peut-être un malheur pour une femme. Qu'en pensez-vous ?

Vous vous récriez, comme si je venais de prononcer un blasphème ! Je m'y attendais. Pour moi, je n'ai pas le courage de plaindre une jeune personne qui n'est pas jolie. De combien d'illusions n'est-elle pas exempte !

Si j'énumérais toutes les sottises qui reviennent de plein droit à la beauté, j'ébranlerais peut-être les convictions de votre amour-propre. Mais à quoi bon ? Vous ne pouvez rien changer à votre visage et à votre taille. Gardez donc les avantages que le ciel vous a départis, et n'en usez que selon les vues de Dieu ; si, au contraire, vous avez été moins favorisées que certaines autres, pour parler votre langage, n'en ayez point de peine et réjouissez-vous-en plutôt. Votre Père céleste n'attache de prix qu'à la beauté de l'âme et ne couronnera que la vertu...

Soyez toutes sincères et avouez-nous que vous êtes singulièrement portées à la vanité. Vous vous en défendez? C'est à tort, les siècles vous ont jugées.

Or, rien ne flatte plus cette dangereuse passion que la beauté corporelle. Pour peu que vous ayez une belle taille, un beau visage, de beaux cheveux, seulement de beaux yeux, une belle bouche et un joli nez, c'est assez, c'est trop, la vanité vous enivre; si, avec cela, vous possédez quelque petit talent, ne fût-ce que de chanter ou de danser assez bien, vous vous abandonnez aux rêves les plus flatteurs et vous régnez sur le monde par la puissance de vos charmes. J'en sais plus d'une qui, dans les triomphes de son imagination vaniteuse, a reçu es hommages de tout un peuple et s'est assise sur un trône. O vanité des vanités !

Marguerite a toujours passé pour jolie et n'en a jamais douté : sa mère le lui disait au berceau en la couvrant de baisers, ses bonnes le lui ont répété chaque jour en l'ornant de rubans et de dentelles, et ses yeux plus tard le lui ont redit cent fois plus et cent fois mieux. Elle en est donc bien persuadée et très-intimement touchée ; elle s'occupe avant toutes choses d'en tirer bon parti.

Regardez-la, devant une glace, contemplant son image et lui souriant avec amour, arrangeant un cheveu qui dépasse les autres, pliant son cou d'un air coquet, s'essayant à des mouvements gracieux, et admirant l'ensemble de sa précieuse personne. Comme elle est contente d'elle-même ! Oh ! la merveilleuse fille que voilà !

Elle a pourtant un petit chagrin, disons plus vrai, un très-sensible chagrin. C'est un secret que je vous confie ; au moins, n'en parlez pas : vous augmenteriez sa douleur. Peut-être avez-vous remarqué un petit point brun qu'elle a sous l'œil droit, auprès du nez : c'est une tache naturelle, que rien ne saurait effacer. Pour elle, oh ! elle ne l'a que trop remarquée. Une tache noire sur un si beau visage, quel dommage !

Vous ne devineriez pas tout ce qu'elle a tenté pour l'enlever ou la dissimuler. Vains efforts ! rien n'a réussi... On dit même qu'elle a fait un pèlerinage à Notre-Dame de la Délivrance, pour y chercher la plus enviée des consolations. Mais, hélas ! la sainte Vierge n'a pas jugé à propos de faire un miracle en faveur de la jolie Marguerite.

Mesdemoiselles, vous me trouvez peut-être peu charitable, mais je n'aurais pas du tout blâmé la bonne Vierge, si elle lui avait infligé la petite vérole, pour lui ôter tout sujet de vanité. N'êtes-vous pas de mon avis ?

Marguerite n'a-t-elle pas d'autre mérite? Oh! oui. Elle est pianiste : c'est-à-dire qu'elle tapote sur le piano, comme tant' d'autres demoiselles de nos jours, et qu'elle est de force à jouer passablement une contredanse, une valse, une mazurka. Comme elle est riche et belle, et qu'elle paraît très-sensible aux éloges, on applaudit toujours, en criant : Très-bien! parfait! Elle se croit artiste, il ne lui manque que du temps et de l'exercice pour devenir une virtuose... Ceci la console de ne savoir pas chanter. Car le ciel, qui lui a donné les plumes du paon, lui a refusé la voix du rossignol. En conséquence elle estime peu la musique vocale, elle s'étonne que des filles bien nées y attachent tant d'importance. Oh! Mademoiselle Marguerite!

En revanche, elle excelle à déployer les charmes de son esprit dans la conversation; elle devise à merveille, raconte des anecdotes, reçoit et fait beaucoup de compliments. Elle écoute avec une grâce infinie et profite avec adresse d'un moment si favorable pour capter

l'admiration de son interlocuteur à un autre
point de vue : elle prend une pose magnifique,
lui montre son beau visage, son fin sourire,
ses belles dents, ses blanches mains, son pied
fin, sa taille élégante et tous les agréments de
sa personne. Elle triomphe au fond de son
cœur et se dit : Combien on doit me trouver
aimable !

Marguerite, voulez-vous que je vous ré-
ponde et que je vous apprenne ce qu'on
pense ? Tout le monde, à l'unanimité, vous
trouve orgueilleuse, prétentieuse, avide de
vaines louanges et presque méprisable. Ceux
qui vous aiment sont épouvantés de votre lé-
gèreté et de votre désir effréné de plaire. Ceux
qui ne vous aiment pas, se moquent de vous
et vous tournent en ridicule, après vous avoir
peut-être payée de fades et faux compliments.
A vingt ans, on devrait avoir plus d'esprit et
plus de modestie. Fâchez-vous contre moi, si
vous le voulez, mais vous aurez du moins entendu la vérité une fois dans votre vie.

VI

La Bavarde

Mathilde est bavarde : c'est là son défaut capital, et elle a 25 ans ! N'est-ce pas l'âge de discrétion ?

Quand elle peut réunir chez elle deux voisines, qui la valent pour le caquet, c'est à ne plus rien y entendre ; elles parlent toutes à la fois et avec un tel flux de paroles qu'il est impossible de trouver un intervalle pour glisser un mot. Il faut faire comme elles et se mettre en quatuor.

Quand elles vous prennent à partie dans une visite, vous êtes perdu ; vos deux oreilles ne suffisent pas, la tête vous tourne, vous succomberez sous cette grêle de paroles, si vous ne prenez votre chapeau et ne vous enfuyez en toute hâte.

Jamais je n'ai mieux compris combien Salomon avait observé soigneusement ces sortes de personnes, quand il compare une femme querelleuse à un toit percé, à travers lequel la pluie vous tombe sur la tête comme par les trous d'un crible. Délogez au plus vite.

Sur quels sujets importants ces demoiselles trouvent-elles donc tant de choses à dire? Sur les grimaces de mademoiselle Marguerite leur bonne amie, sur les prétentions de Sara, leur ouvrière, sur la négligence d'Élisa, leur jeune cousine, sur tout le monde enfin, sur vous, sur moi, et sur monsieur le curé donc! et sur messieurs les vicaires!

Mais encore, que disent-elles? Des méchancetés, des suppositions, des nouvelles attrapées dans la rue... que sais-je? tout ce qui leur vient à l'esprit. Rarement elles prennent plaisir à dire du bien de leur prochain: le chapitre des éloges est toujours très-court.

Mathilde, je vous ai vue toute petite, écoutez-moi: vous n'êtes pas née méchante, mais vous le deviendrez. Le plaisir de médire et critiquer vous gâtera le caractère, vous entraînera dans de criantes injustices, vous fera détester de toutes vos connaissances et vous attirera des châtiments de la part de Dieu; car il déteste les langues de vipères, comme dit la sainte Ecriture.

— Mais je ne veux de mal à personne, je ne parle que pour rire...

— Et vous déchirez vos meilleures amies?

— Il ne faut pas prendre au sérieux ce que je dis.

— C'est-à-dire qu'il faut vous prendre pour une folle et vous mépriser.

— Je ne dis pas cela.

— Vous êtes d'une incomparable étourderie. Dernièrement vous avez dit tant de choses imprudentes et méchantes sur ma demoiselle D., que vous avez fait manquer le mariage en question et que M. D. se propose de venir vous demander compte de vos paroles. Que lui répondrez-vous?

— Ah! mon Dieu, est-ce vrai? Je n'ai presque rien dit... j'ai seulement plaisanté... Mais, je ne veux pas voir ce monsieur. Que voulez-vous que je lui dise?

— Vous lui direz ce qu'il vous plaira; c'est votre affaire. Puis, vous avez raconté à quelqu'un tous les petits travers de votre grand'tante, et ce quelqu'un n'a pas été discret. Tout a été raconté à la digne dame, qui a pleuré de dépit, m'a-t-on dit, et a juré de changer son testament.

— O ciel! elle m'avait tout donné. Est-ce bien sûr? Comment cela se fait-il? Je ne l'avais confié qu'à une seule personne et sous le plus grand secret. Se peut-il qu'on m'ait ainsi trahie?

— Vous vous étonnez de l'indiscrétion d'autrui, lorsque vous-même ne savez pas tenir votre langue ?

— Quel malheur !

— Il vous fallait de pareilles leçons pour vous instruire et vous corriger. Continuez à bavarder, et tous les jours de nouvelles avanies viendront vous faire expier cette intempérance de langage. Vous êtes punie par où vous avez péché.

VII

La Sentimentale.

Caroline vit surtout par le cœur : elle est sentimentale. Elle est née avec un esprit élevé, un cœur droit, de la grandeur d'âme, et beaucoup de sensibilité; mais elle a toujours eu l'imagination trop vive et le caractère légèrement excentrique, ce qui la faisait excéder en tout. Avec de précieuses qualités, elle se donnait souvent une teinte de ridicule.

Malgré cela, elle était si bonne, si affectueuse et si naïve qu'on le lui pardonnait et qu'on l'aimait cordialement. Plus sérieuse que son âge ne l'eût fait supposer, elle dédaignait les amusements frivoles, et les bizarres caprices de la mode ; elle était simple dans sa toilette et dans ses manières, confiante dans ses entretiens et généreuse dans sa conduite. Son esprit s'ouvrait à toutes les nobles pensées et son cœur aux plus beaux dévouements. Elle avait surtout besoin d'aimer et d'être aimée... Pure comme un ange, elle était véritablement digne de l'affection qu'elle cherchait en prodiguant la sienne.

Pauvre enfant, elle ignorait les périls qu'un monde menteur et perfide sème sous les pas de ces natures ardentes et confiantes ; elle ne savait pas qu'il sourit pour tromper, et qu'il feint d'aimer, quand il est rongé par l'égoïsme. Elle devait apprendre trop tôt, par de cruelles déceptions, que les cœurs comme le sien sont rarement compris et payés de retour. On rira de sa candeur et de ses élans généreux, on se moquera de ses desseins les plus louables, et, sans lui tenir compte de ses beaux sentiments, on livrera ses légers travers aux sarcasmes des esprits vulgaires.

Si elle avait connu Dieu comme il mérite de l'être, et qu'elle eût tourné vers lui les aspirations de son âme, elle aurait trouvé dans cet abîme d'amour l'aliment de ses désirs et une compensation aux mépris du monde. Eclairée

et guidée par la foi, soutenue par des espérances immortelles, instruite à modérer les
élans de son cœur et à immoler les défauts de
sa nature, elle eût pu devenir une de ces
femmes courageuses, qui sont les héroïnes de
la charité.

Mais malheureusement elle n'avait reçu de
de sa mère que des notions vagues d'une reli-
giosité sans principes, et elle avait fait son
éducation dans un de ces établissements où la
religion ne figure au programme que pour la
satisfaction des familles; elle ignorait donc
le secret des consolations célestes et du seul
bonheur qui reste après les déceptions de la vie.

Qu'est-il arrivé? La sensible Caroline a cherché auprès des créatures ce que Dieu seul
pouvait lui donner; cédant à la tendresse naturelle de son cœur, elle a voulu avoir des
amies, elle s'est confiée à leur amitié, elle
s'est peut-être trop livrée à l'entrain de son
caractère, et bientôt elle a senti qu'on se re-
froidissait, qu'on la trouvait singulière, en-
nuyeuse et importune; elle a découvert qu'on
la ridiculisait, qu'on la méprisait et qu'enfin
on avait résolu de la fuir. Jugez de son chagrin et de son désespoir! Que de larmes elle
a versées, et que d'imaginations noires ont
bouleversé son cerveau!

Dans sa douleur et ses ennuis, elle s'est mise à lire. Au moins, se disait-elle, les livres ne me trahiront pas. La malheureuse fille se trompait : les livres allaient la trahir plus tristement encore que ses compagnes.

Elle eut le malheur de se livrer à la lecture des romans, parce qu'ils contiennent des sentiments tendres et qu'ils allaient davantage à ses goûts. Hélas! rien n'était plus dangereux pour elle. Au lieu de régler son imagination extravagante, il lui ouvrirent un ciel sans limites et la poussèrent à travers les nuages, dans des régions enchantées où tout est faux et mensonger. Une fois entrée dans ce monde des illusions passionnées, l'excentrique Caroline n'a plus été seulement une fille sentimentale, mais une folle.

Elle passe maintenant les jours et les nuits à poursuivre des trames romanesques et à s'enthousiasmer pour des héros imaginaires. Elle pleure leurs infortunes, plus qu'elle ne pleurera jamais les maux les plus réels; elle en est triste des semaines entières.

Quelquefois, on l'entend marcher dans sa chambre, longtemps après l'heure du coucher, criant ou chantant, faisant à elle seule tous les rôles d'une sorte de comédie. Une nuit, elle criait : « Elle est morte, elle est morte! » On se lève, on court à sa porte : « Qui donc ? — L'infortunee Aspasie. » C'était l'héroïne d'un roman qu'elle avait dévoré ce jour-là.

Au milieu des compagnies les plus respectables, elle est distraite et rêveuse ; elle ne prend aucune part à la conversation. Son esprit n'y est pas, il voyage dans quelque contrée lointaine, à la suite d'aventuriers dont le sort fictif l'intéresse par-dessus tout. Vous lui parlez, elle ne vous entend pas ; vous êtes obligé de la secouer par sa manche, pour la ramener à la question et aux convenances.

Elle est sauvage et habituellement mélancolique ; elle préfère la solitude à la plus aimable société. Pourquoi ? Pour se livrer sans obstacle à ses rêveries, pour enfanter des drames émouvants, pour se repaitre de plaisirs ou de douleurs chimériques.

Ceux qui la voient dans cette sorte de délire, se demandent si elle a perdu l'esprit.

Hélas ! peu s'en faut ; et c'est à la lecture des romans qu'elle le doit. Avis aux jeunes personnes, déjà trop dominées par leur imagination, qui seraient tentées de boire à ces sources empoisonnées.

VIII

L'Irascible.

Est-il une vertu qui convienne mieux à votre sexe, mesdemoiselles, que la douceur, l'angélique douceur?

Quand les peintres veulent la représenter sous des traits humains, n'empruntent-ils pas ceux d'une jeune personne candide et modeste, dont le visage exprime la plus grande mansuétude?

Et vous-mêmes, lorsqu'il vous plaît d'être aimables, je veux dire plus aimables qu'à l'ordinaire, n'avez-vous pas recours avant tout aux charmes séduisants de la douceur? Vous en prenez si bien le caractère dans votre attitude, dans vos yeux, dans votre sourire, dans votre voix et dans vos paroles, que vous surpassez le peintre le plus habile. Vous connaissez donc tout le prix de la douceur, toutes ses ressources et tous ses secrets; personne mieux que vous ne pourrait nous en donner des leçons.

Pourquoi donc cette aimable vertu, qui paraît inhérente au caractère d'une fille chré-

tienne, a-t-elle cédé la place, en quelques-
unes, à l'irascibilité et aux accès de la colère?
Autant la douceur vous est naturelle et nous
plaît en vous, autant la colère nous surprend
et nous choque. Quoi de plus affreux qu'une
jeune personne en fureur?

Nous avions l'idée d'un ange, et nos yeux
rencontrent un démon, une furie aux traits
bouleversés. Est-ce bien là une jeune fille?
Quelle métamorphose!

Dernièrement, je voyais un petit monstre
de cette espèce dans une incomparable exas-
pération, ne se possédant plus, grinçant des
dents, frappant du pied et pleurant. Elle me
faisait peur. Et c'était une jeune personne
bien vêtue, instruite, soigneusement élevée,
mais gâtée par une tendresse excessive.

Vous me direz alors : C'était une petite
fille de dix ans, qui n'avait pas encore la
raison?

— Non, c'était une grande fille de dix-huit
ans.

— On l'avait donc exaspérée par d'indignes
traitements?

— Non, sa mère voulait simplement qu'elle
prît, pour sortir, un chapeau qui lui déplai-
sait.

Heureusement, de pareilles horreurs sont

8

rares ! mais ce qui l'est beaucoup moins, c'est une certaine irascibilité, fruit de l'orgueil, de la susceptibilité, du caprice, ou d'une propension fâcheuse à la mauvaise humeur. Qui nous dira jusqu'où ce vilain défaut peut nous conduire ?

Hortense, étant toute jeune, montrait déjà un caractère fier, acariâtre et maussade. En pension, avec ses petites compagnes, elle avait sans cesse des querelles : susceptible, irritable, mal endurante, vous l'eussiez vue toujours en garde contre les attaques et toujours disposée à donner des ongles ou du pied.

Il est positif que de méchantes écolières s'amusaient à l'agacer pour le plaisir de la faire mettre en colère, tandis qu'elles laissaient en paix celles qui étaient douces et bonnes. Tant il est vrai qu'un mauvais caractère s'attire tous les désagréments !

Aujourd'hui, Hortense est une grande demoiselle qui s'observe et se respecte. Elle rougirait de sa constante irascibilité d'autrefois. Mais elle n'en a pas moins conservé des façons revêches et un caractère difficile, qui la rendent peu sociable. Elle a dans la physionomie un air hautain et querelleur, qui dénote un esprit mal fait et qui inspire l'éloignement.

Elle sera plus tard une de ces femmes contrariantes et maussades, qui sont de petits tyrans domestiques et qui changent de servante tous les mois. Toujours grondant, toujours disposées à prendre les choses en mauvaise part, et se faisant un plaisir de refuser aux autres quelque satisfaction, elle imitera cette maitresse à qui sa bonne venait dire humblement : « Madame voudrait-elle me permettre.... — Non ! — De lui présenter mon respect ? — Ah ! oui. »

Elle est avec cela vindicative ; elle n'oublie rien et ne pardonne rien. Quand elle a été offensée ou qu'elle croit l'avoir été, rarement elle manque l'occasion de vous le faire payer chèrement et, si elle peut, cruellement.

Aussi chacun la fuit, elle n'a pas d'amis. On plaint ceux qui sont obligés de vivre avec elle et déjà l'on dit : « Malheur à l'infortuné mari qui s'y laissera prendre ! »

Vous n'avez point, mesdemoiselles, cet odieux caractère : vous vous en défendez avec indignation. Fort bien. Quelques-unes pourtant m'ont paru fort vives. — Ah ! c'est vrai ; nous sommes vives, disent-elles, et nous nous fâchons facilement, mais un instant après nous n'y pensons plus. — Et vous croyez être bien justifiées par une excuse aussi leste ? Vous

vous emportez, vous blessez les gens, et tout
est réparé parce que vous n'y pensez plus?
Singulière façon d'expier une faute et d'excuser la peine qu'on a faite à autrui! Que vous
oubliiez vite les injures reçues, fort bien ; mais
que vous soyez quittes envers le prochain et
même envers le public par ce procédé léger,
je ne l'admettrai jamais. Ni l'honneur ni la
conscience n'acceptent une pareille justification de la part de l'orgueil.

Etouffez donc avec énergie ces mouvements passionnés qui vous déshonorent et
qui offensent Dieu : c'est le seul parti qui
convienne à des demoiselles vraiment chrétiennes.

IX

La Sensuelle.

Quand on est jeune et riche, et qu'on peut
vivre sans travail dans une molle oisiveté, on
est fortement tentée d'en profiter. Combien,
dans cette condition, croient être nées tout
simplement pour s'amuser, pour rire et bavarder, pour se parer et se faire admirer, pour
manger, digérer et dormir, enfin pour s'eni-
vrer de délices dans un sensualisme univer-

sel. Vous calomnierais-je en disant que c'est le rêve enchanteur d'une foule de demoiselles, au sortir du régime des pensions ?

Quant à l'austère morale du christianisme, qui prescrit la mortification des sens et des désirs pour obtenir le ciel, elles la trouvent bien dure. La plupart en ajournent la pratique après les riantes années de la jeunesse, quand il ne leur sera plus possible de jouir des agréments de la vie mondaine. Le bon Dieu voudra bien les attendre! En dépit des promesses sacrées de leur baptème, le monde, avec ses folies, aura leur amour, et leur dieu sera la volupté. Ce seront de vraies païennes par le cœur et les habitudes, si l'on retranche de leurs passe-temps quelques heures données aux cérémonies du culte chrétien.

Amélie appartient à cette religion du plaisir. Elle n'est ni méchante ni sotte, mais elle est éminemment sensuelle. La partie principale de son être, c'est le corps : elle le pare avec un luxe prodigieux, elle le nourrit avec une extrême délicatesse et elle a pour lui des attentions qu'elle n'eut jamais pour son âme. Son âme! c'est le dernier objet de ses pensées et le moindre de ses soucis.

Mais sa précieuse chair! Elle ne lui refuse rien, elle court au-devant de ses convoitises.

8.

Il n'est point pour elle de linge trop fin, de mets trop bien assaisonnés, de parfums trop rares, de siéges et de lits trop doux, de voitures trop commodes; un rien la gêne ou lui fait mal. Le sybarite, que blessait le pli d'une rose, n'était pas plus délicat que ne l'est la sensuelle Amélie.

Tout travail, tout dérangement la fatigue : elle se plaint sans cesse. Elle n'est bonne qu'à s'étendre sur un canapé, à badiner des heures entières, à s'asseoir devant une table élégamment servie, puis après un joyeux repas, à faire de la musique et à danser bien avant dans la nuit.

Les jeux ne la fatiguent pas : elle peut danser des heures entières ou bien passer toute une nuit au théâtre, sans rien y perdre de sa vigueur, de sa gaieté et de son entrain. Au contraire, elle y puise de nouvelles forces : le théâtre la ravit, le bal l'enivre et l'exalte, le plaisir double sa vie. C'est une héroïne de la volupté !

Mais, comment accorde-t-elle avec sa conscience cette fureur pour les jouissances si dangereuses de la sensualité ? Elle n'en cherche pas même la conciliation. Sa réponse est toute trouvée d'avance ; est-ce que jamais danseuse, coureuse de bals ou liseuse de romans a hésité sur ce point? « Je n'y fais point de mal », disent-elles.

A les en croire, les scènes et les lectures les plus corruptrices n'exercent aucun empire sur elles. Leur imagination en sort aussi calme et leur cœur aussi pur, que si elles eussent passé ce temps avec les anges ou dans des entretiens de piété. Les tentations ne sont pas de leur compétence; elles ont un privilége digne de faire envie aux âmes les plus saintes qui observent scrupuleusement les préceptes divins et les conseils de la sagesse.

Et cependant Amélie porte au bal les robes les plus décolletées, elle se livre aux danses les moins modestes, elle s'abandonne avec délire à toute l'exaltation d'une nature ardente. O l'admirable fille, qui court à travers les flammes et sur les charbons étincelants sans se brûler! Les trois enfants que Dieu sauva dans la fournaise n'étaient pas plus favorisés.

Ne discutons pas : la passion est aveugle et ne cède point. Mais demandons à toute âme de bonne foi si l'on peut admettre que les saintes Ecritures mentent, que l'Eglise se trompe et que tous les moralistes soient dépourvus de sens pratique, quand ils condamnent avec tant d'énergie ces redoutables amusements?

Le chemin du ciel, mesdemoiselles, n'est

point semé de roses, mais d'épines ; celles qui suivent la voie large vont à l'enfer : c'est de foi.

J'ai entendu des parents répondre pour leurs filles : « Comment les marierions-nous si nous ne les menions aux fêtes du monde ! c'est là qu'elles se font connaître et que le public peut les apprécier. »

Exhibition bien conçue ! appréciation bien sûre ! Il est un moyen plus simple, et baucoup plus moral, c'est de mettre un écriteau sur le dos de votre fille :

FILLE A MARIER

100,000 francs de dot !

X

Le Vierge Chrétienne.

La virginité n'était pas en honneur chez les anciens. Il en est encore de même aujourd'hui dans un certain monde qui n'adore que la matière.

Mais depuis que la Vierge par excellence et que son divin Fils, le Verbe incarné, ont

donné l'exemple d'une si haute vertu, il s'est
trouvé par milliers des âmes d'élite qui ont
dédaigné les jouissances grosssières et char-
nelles, et qui se sont élevées dans les régions
célestes, pour goûter les douceurs ineffables
de l'amour divin. Honneur à ces vierges chrétiennes qui, fuyant la corruption du siècle,
vont mener dans les cloîtres la vie des anges
et prier pour nous autres pécheurs! Honneur
à celles qui déploient dans l'exercice touchant
de la charité l'héroïsme d'une vertu surhu-
maine! Elles sont la fleur du troupeau de Jésus-Christ, comme disent les Pères.

Le monde, qui voit sa condamnation dans
leur sainteté et qui est peut-être jaloux de leur
paix, de leur bonheur, s'amuse à les critiquer,
à les ridiculiser ou à les plaindre. Quand on
entend d'une certaine hauteur ces ricanements
et ces clameurs des bas-fonds de la société,
ne dirait-on pas les coassements d'une gro-
tesque assemblée de grenouilles dans un ma-
rais fangeux, insultant aux blanches colombes
et aux aigles audacieux qui planent en liberté
dans les régions éthérées?

N'argumentez jamais contre l'Évangile, mesdemoiselles, car vous auriez toujours contre
vous Dieu et les hommes. Rendez hommage
aux nobles aspirations de celles qui se croient

appelées à une vie plus parfaite, lors même que vous éprouvez des désirs tout différents.

Pourquoi, me direz-vous, quelques-unes restent-elles dans le monde? — C'est qu'elles ont des liens qui les y retiennent, ou qu'elles rencontrent des obstacles à l'accomplissement de leurs vœux... — Ou bien elles ont encore de l'espoir... — Ah! méchantes, vous ne les croyez pas sincères? dites toute votre pensée. — On prétend qu'elles n'ont point trouvé de mari, et que c'est là le secret de leur dégoût pour le monde; on ajoute même, pour celles qui sont devenues dévotes, qu'elles se sont données à Dieu quand elles se sont vues dédaignées par les hommes. — Voyez quelle malice! Auriez-vous mieux aimé qu'elles se fussent données au diable? Je trouve qu'elles ont eu raison de se réfugier entre les bras de Dieu.

Vous me citez Léocadie, qui a couru les bals et les fêtes, avant d'être dévote. Elle a tout fait pour plaire, dites-vous, et pour trouver un bon parti; et c'est en désespoir de cause qu'elle s'est adonnée à la dévotion.

J'avoue qu'elle a fait plus d'une folie, qu'elle a porté comme vous des robes luxueuses, qu'elle a chargé sa tête de bouquets de fleurs et chaussé ses pieds des plus fins souliers; je l'ai vue se pavaner sur les trottoirs et aux

soirées de famille, saluer avec affectation et
sourire avec trop de gentillesse. Que sais-je ?
Elle me semblait aussi vaniteuse que vous et
aussi désireuse d'être remarquée. Êtes-vous
contentes ?

Mais elle n'était pas riche, ses prétentions
dépassaient ses moyens, et ses qualités con-
nues n'étaient point assez brillantes pour attirer la fortune. Bref, elle a eu beau se mettre
sur les rangs, elle y est restée. Peut-être s'est-
elle résignée avec peine, peut-être en a-t-elle
pleuré de dépit... Je l'ignore, et vous, vous en
êtes sûres ?

Je sais qu'elle en a pris courageusement son
parti et qu'elle a résolu de ne plus prétendre à
d'autre couronne qu'à celle du ciel. Elle est
aussi sage aujourd'hui qu'elle était folle autrefois. Personne ne la blâmait alors, pourquoi
lui jetez-vous la pierre maintenant ?

Pourquoi surtout appliquez-vous la même
critique à toutes celles qui gardent la virginité ?

Votre accusation est trop générale pour être
vraie, et trop méchante pour être juste. Il en
est qui auraient pu se marier, et qui ne l'ont
pas voulu ; quelques-unes le pourraient encore,
plus avantageusement même que leurs critiques, et ne le veulent pas ; elles préfèrent un

état que saint Paul déclare meilleur et plus parfait. Pourquoi les blâmez-vous?

Mathilde, vous me paraissez avoir une dent contre les dévotes; les valez-vous? Oseriez-vous soutenir la comparaison avec Louise, qui est un ange de modestie et de charité? Vous la connaissez et vous savez combien elle est pieuse et combien sa religion est éclairée. Elle s'est donnée aux bonnes œuvres, et elle y consacre ses revenus, son temps, ses soins, sa vie tout entière. Si vous pouvez la surprendre, vous la trouverez dans la mansarde du pauvre, se dépouillant de ses propres habits pour le couvrir; vous la trouverez auprès d'une vieille femme infirme, lui faisant son ménage et soignant ses plaies; vous la trouverez au chevet du moribond, lui prodiguant les consolations et le préparant à la mort. Vous qui la critiquez, avez-vous dans le cœur son courage et sa charité?

Ce qui la distingue plus que ses œuvres, aux yeux de qui sait distinguer la solide vertu, c'est son humilité, sa patience, son abnégation. Vous dirai-je qu'elle aime le mépris et l'humiliation? qu'elle ne répond aux outrages qu'en priant pour ceux qui l'insultent? et qu'elle cherche à faire du bien surtout à ceux qui lui ont voulu du mal? Fiez-

vous à celles qui entendent et pratiquent
ainsi la dévotion.

Vous ne dites plus rien, Mathilde? — J'admire les vertus de Louise et j'avoue que je suis
bien loin de lui ressembler; mais il est d'autres
filles dévotes qui semblent avoir une religion
toute différente: je ne vous citerai que Jus-
tine, dont la mauvaise langue n'épargne personne.

Pour celle-là, je vous l'abandonne; mais
avouez qu'elle fait exception. C'est un esprit
faux, qui ne comprend rien à la vraie piété.
La pauvre tête! Elle s'imagine qu'il suffit,
pour plaire à Dieu, de porter des habits bruns,
de marcher la tête inclinée et les yeux à demi
fermés, de se prosterner à l'église et d'y mar-
motter d'interminables formules sans songer à
rien, et qu'elle l'emporte d'autant plus en mérite sur ses rivales que ses oraisons machi-
nales ont dépassé celles des autres en lon-
gueur. Cela fait, elle se croit tellement sûre de
son coup, qu'elle oublie de veiller sur son propre cœur et sur sa langue: elle se décerne la
palme de la sainteté, elle se complaît dans ses
œuvres; elle s'offense de tout ce qui la contrarie; elle est susceptible et vindicative; elle
a une langue de vipère. S'imagine-t-elle que sa
haute piété lui donne le droit de parler au

9

nom de Dieu, ou que c'est un devoir pour elle de prendre en main sa cause et de suppléer à la modération des prônes de son curé? Elle critique à outrance quiconque n'observe pas les commandements divins ou ne les entend pas comme elle. Jamais prédicateur n'a été plus véhément contre les vices du temps ; elle ne se borne pas aux attaques générales, elle fait des personnalités et censure impitoyablement la conduite de chacun ; on dirait qu'elle se venge du monde, dont elle ne goûte pas les plaisirs, en lui faisant une guerre violente et souvent ridicule.

Vainement vous chercheriez à modérer son zèle indiscret ; elle n'écoute aucun avis, pas même ceux de son curé : elle sait mieux que lui et que personne ce que réclame la gloire de Dieu !

Cette dévotion-là n'est qu'une caricature outrée de la vraie piété. Moquez-vous-en tant qu'il vous plaira.

Mais prenez garde, Mathilde, d'aller jusqu'à ridiculiser les âmes simples et bonnes, qui donnent à leur insu dans de légers travers. Car, si elles avaient votre instruction, elles seraient peut-être meilleures que vous ; et telles que vous les voyez, elles sont souvent plus agréables à Dieu, dans leur naïve bonne foi,

que les demoiselles les plus éclairées et les
plus sages aux yeux des hommes. Redoutons
l'effroyable jugement qui sera fait de toutes
nos pensées et de toutes nos œuvres, et pour
qu'il soit miséricordieux, soyons nous-mêmes
pleins de miséricorde.

CONCLUSION

Vous m'accuserez peut-être, mesdemoiselles, de n'avoir guère pratiqué ce dernier conseil à votre égard, et d'avoir beaucoup plus parlé de vos défauts que de vos vertus. C'est vrai, je ne m'en défends pas ; encore n'ai-je pas tout dit, et j'en ai bien quelque regret.

Pardonnez-le-moi. Assez d'autres feront tout le contraire, et vous aurez à vous tenir en garde contre le poison de leurs louanges.

En vous parlant de vos qualités, je ne vous aurais rien appris. En est-il une que vous ignoriez ? Et ne les connaissez-vous pas beaucoup mieux que je ne pourrais dire, hélas ! beaucoup trop ? Votre amour-propre vous en prête même que vous n'eûtes jamais ; tant il est ingénieux à vous tromper !

Mais, pour vos défauts, il vous les dissimule, il ne vous les montre qu'à travers un prisme coloré, il en adoucit les traits qui choquent et il en relève ceux qui flattent ; quelquefois il réussit à les transfigurer au point de

les faire aimer de sa triste dupe, ce qui la rend
ridicule aux yeux de tout le monde.

N'est-ce pas vous rendre un utile service que
de vous dire : Mademoiselle, on vous compli-
mente sur votre gentillesse? Mais prenez
garde, on vous trouve légère et indiscrète ;
c'est pour vous faire jaser qu'on flatte votre
vanité.

Mademoiselle, on voit à votre air prétentieux que vous vous croyez jolie et bien faite.
Mais défiez-vous de votre orgueil ; car il vous
donne une allure pédante qui vous ferait mépriser.

Mademoiselle, vous êtes très-laide, beaucoup
plus laide que vous ne pensez ; ne vous parez
donc point avec une affectation qui fait ressortir votre couleur foncée et vos traits vulgaires. Songez plutôt à briller par les qualités
de l'esprit et du cœur.

Mademoiselle, vous avez un caractère maussade et désagréable ; on n'ose vous le dire,
parce que vous êtes grande et orgueilleuse.
Montrez votre raison et votre forte volonté en
devenant douce et aimable.

Mademoiselle, vous faites la doucereuse et la
sensible, avec une mignardise vraiment comique. Laissez là ces singeries puériles et prenez
des habitudes plus conformes à votre âge.

Mademoiselle, vous affectez de n'être pas dévote et de mépriser celles qui sont trop pieuses selon vous. Sachez qu'une femme qui fait l'esprit fort est la pire bête qui soit au monde ; elle n'a ni bon sens, ni cœur, ni mœurs.

Mademoiselle, vous faites consister votre religion à ne point manquer la messe de midi, comme les grandes dames semi-païennes, et vous ne craignez pas d'allier l'amour effréné des plaisirs mondains avec le service de Dieu. Détrompez-vous ; la route que vous suivez ne mène point au ciel.

Mesdemoiselles, vous désirez être mariées de bonne heure, avoir de bons maris, être heureuses en ménage et faire avec cela votre salut. Corrigez-vous des défauts que nous venons de signaler et pratiquez avec zèle la loi de Dieu. Là est la source du bonheur (1).

---

(1) Vous trouverez d'utiles conseils dans l'ouvrage du R. P. Champéau, *Des Vertus et des Défauts des jeunes personnes*, 2 vol. in-32. (M. PALMÉ).

PETITS PORTRAITS

DE

MONDAINS

L'Évangile a modifié profondément les so-
ciétés anciennes, dans la doctrine et dans les
mœurs ; mais il n'a point fait disparaître de la
nature humaine la triple concupiscence de
l'orgueil, de l'avarice et de la volupté, qui
lutte et luttera sans cesse contre les sublimes
principes proclamés par Jésus-Christ. Les passions aveuglent trop souvent les meilleurs esprits, et les entraînent quelquefois dans des
inconséquences qui blessent presque autant la
raison que la foi.

Il y a des hommes, baptisés et croyants, qui
ont perdu en partie le sens chrétien et qui vi-

vent d'une manière peu différente des païens, tout en conservant les formes honnêtes de la civilisation. Il en est d'autres qui, pour s'épargner la peine de lutter contre leurs mauvais penchants, trouvent plus simple d'accommoder l'Évangile à leurs goûts mondains, et de se faire une religion qui les mène au ciel par le chemin des plaisirs.

Pauvres humains, combien vous aimez à vous bercer d'illusions ! Si ces curieux travers n'avaient d'autre inconvénient que de vous rendre ridicules, on pourrait vous les pardonner, mais ils conduisent à un abime !... Me pardonnerez-vous de vous en signaler quelques-uns ?

I

Une seule chose est nécessaire.

— Quoi donc, Seigneur ? répond le monde avec stupéfaction.

— « Aimer Dieu de tout son cœur, de tout son esprit et de toutes ses forces. » (S. *Matth.*, XXII, 37.)

— Oui, oui, nous l'aimons beaucoup ; il est

si bon, si saint, si parfait, si digne de tous nos hommages! L'homme qui n'a pas de respect pour l'Être suprême ne fait pas son devoir. Mais... mais... il est permis d'aimer autre chose ?

— « Et vous aimerez votre prochain comme vous-même : c'est le second commandement; tous deux renferment la loi et les prophètes. » Idem.)

— Oui, oui, nous aimons notre prochain; nous approuvons la loi et les phophètes. L'homme qui n'a pas d'humanité et qui ne soulage pas ses frères est un être sans cœur. Que la fraternité est une belle chose! Mais... mais... il n'est pas défendu de songer à soi et de veiller à ses petits intérêts? Il faut faire son chemin, c'est-à-dire sa fortune.

— « Gardez-vous d'amasser des trésors sur la terre, où vous avez à craindre la rouille et les voleurs, mais faites-vous plutôt un trésor dans le ciel. » (Idem, VI, 19.)

A ces mots, les auditeurs se regardent et semblent se dire : Avons-nous bien entendu? Se peut-il?... Prendre garde d'amasser des trésors sur la terre?

Monsieur A. venait de dire tout juste le contraire à ses fils. C'est un bon père de famille qui a gagné par son travail une jolie petite

9.

fortune, et qui connait le prix de l'argent beaucoup mieux que les maximes de l'Évangile. Il
ne cesse d'exhorter ses enfants à redoubler
d'ardeur pour s'enrichir.

Toute son ambition est de les voir, avant de
mourir, occuper de belles places et gagner
beaucoup d'argent, et sur ce thème favori,
combien n'est-il pas éloquent! Il leur cite
l'exemple de jeunes gens comme eux, qui sont
arrivés à des postes brillants ou qui ont fait
des profits superbes; il leur parle avec enthousiasme de la gloire que donnent les dignités, et des plaisirs que procure la richesse; il
espère que le cœur de ses fils ne sera point
insensible à un bonheur si pur, et qu'ils lui
donneront la consolation de décupler sa modeste fortune; il s'anime, il pleure de tendresse; il les attire et les serre palpitants sur
sa poitrine, jusqu'à ce que ceux-ci, touchés
d'ambition, lui jurent de devenir riches à tout
prix.

Cet excellent homme n'est point impie; il ne
demande pas mieux que d'être mis en terre
sainte après sa mort, puis d'aller en paradis !
Pour cela, il recevra tous les sacrements qu'on
voudra lui donner, et sa femme payera les
frais d'enterrement. Mais il ne s'est jamais occupé d'amasser quelque chose pour l'autre

monde : le soin de le faire pour celui-ci ab-
sorbait toutes ses pensées et tout son temps.

Il s'est imaginé d'ailleurs que la seconde vie
suit la première tout naturellement, comme le
sommeil suit le travail, et qu'il suffit de n'a-
voir pas mérité les galères, pour trouver là-
haut son repos éternel. Vous le surprendriez
grandement si vous lui appreniez qu'il y a des
trésors spirituels comme il y en a de matériels,
et qu'il faut ici-bas pratiquer des œuvres
saintes et faire provision de mérites, pour en
goûter les fruits durant l'éternité.

Étant au collège, il a vu dans Virgile et
dans Homère que les honnêtes gens (les
païens n'étaient pas difficiles) étaient admis
sans peine dans les Champs Élysées, et qu'ils
s'y amusaient, avec les héros, à monter à cheval, à faire des armes, ou bien, s'ils avaient
des goûts plus tranquilles, à jouer aux petits
palets, à faire de la musique et à causer ensemble dans des bosquets de lauriers; il n'a
jamais rien conçu de plus beau que cela et s'en
est contenté : il n'a pas aujourd'hui de plus
hautes prétentions.

Ne lui parlez donc point de ne pas amasser
de trésors sur la terre : vous bouleverseriez
tous ses principes, toute sa logique, toute sa
sagesse; vous perdriez son estime et sa con-

fiance, peut-être vous croirait-il un peu *toqué*.
Pour lui et pour beaucoup d'autres, la fin de
l'homme est d'amasser des écus et de se faire
sur la terre la plus belle position possible. Il
accepterait plutôt les maximes d'un certain
peuple américain, si l'on y ajoutait un grain
d'honnêteté :

« Que doit-on se proposer sur la terre ? —
De gagner de l'argent, *make money.* »

« Qu'est-ce que l'homme ? — Une machine
à faire de l'argent. »

« Qu'est-ce que l'enfant ? — Une machine en
préparation pour faire de l'argent. »

« Qu'est-ce que la femme ? — Un moule
pour la machine à faire de l'argent. »

« Quel est l'homme le plus estimable ? — Celui qui fait le plus d'argent. »

« Quel est l'homme le plus heureux ? — Celui qui a su amasser le plus d'argent. »

Il ne faut pas s'étonner qu'un tel peuple,
d'abord protestant, soit devenu en grande partie infidèle ou incrédule ; mais ce qui doit
étonner, c'est que des chrétiens ayant conservé
la foi professent à peu près le même symbole
et la même morale.

II

Cherchez avant tout le royaume de Dieu et sa justice (la sainteté), et le reste vous sera donné par surcroît

Les gens de notre siècle ont toujours peur de manquer du nécessaire en ce monde, et se mettent très-peu en peine d'amasser des trésors pour l'autre, quoiqu'ils aient la certitude de ne passer qu'un petit nombre d'années sur la terre et de vivre ensuite éternellement, dans la possession de leurs bonnes œuvres ou dans le châtiment de leurs crimes. Quelle logique !

Ils font tout le contraire de ce que le bon sens leur enseigne. Ils mettent avant tout les intérêts de la vie présente, si courte et si incertaine, et après tous ceux de la vie à venir, si longue et si sérieuse. Jésus-Christ leur dit : « Cherchez d'abord le royaume de Dieu, » c'est le moindre de leurs soucis ; « Recherchez la justice ou la sainteté, » ils recherchent la richesse et le plaisir ; « Le reste vous sera donné d'en haut par surcroît, » le principal, c'est

la vie matérielle ; l'accessoire, c'est la vie éternelle. Buvons, mangeons et amusons-nous
bien ; il n'y a de certain que le présent ; voilà
ce que disent beaucoup de gens, qui ne sont
pas aux Petites-Maisons.

Me permettrez-vous une hypothèse tant soit
peu originale ? Je suppose un prophète
arrivant à Paris et se plaçant dans un des
lieux les plus fréquentés, puis criant à la
foule affairée ces mêmes paroles du Sauveur : « Cherchez avant tout le royaume de
Dieu. »

Parmi les passants, les uns se mettraient à
rire, les autres blasphémeraient, et vous ne
verriez s'arrêter à l'écouter que quelques enfants ou quelques badauds inoccupés.

Le royaume du ciel ! diraient les premiers,
nous y penserons dimanche ou plus tard ; rien
ne presse.

Qu'est-ce que le royaume du ciel ? murmu-
reraient les seconds ; ah ! que Dieu nous donne
de la fortune et des amusements, c'est le seul
paradis que nous souhaitions.

Ainsi parlait, dit-on, la fameuse Élisabeth,
reine protestante d'Angleterre : « Pourvu que
Dieu me donne vingt ans de règne, je lui laisse
son paradis. »

Quels chrétiens ! Comme ils sont fidèles aux

promesses de leur baptême, et comme ils ont l'esprit de l'Évangile !

Cependant la plupart des gens du monde ne tiennent pas ce détestable langage. Non-seulement ils ne renoncent point au ciel, mais ils veulent y parvenir ; ils ont même la prétention d'y arriver par un chemin qui n'y mène pas et par des moyens qui sont des obstacles : c'est un peu fort !

Pourquoi se donnent-ils tant de mouvement ? dirait le Prophète ; où courent-ils ? que veulent-ils ? que cherchent-ils ?

— Ils vont à leurs affaires et à leurs plaisirs.

— Quelles affaires et quels plaisirs ? Est-il un intérêt plus grand et plus pressant que d'assurer le salut de son âme ? A quoi servira le monde entier, si l'on vient à se damner pour l'éternité ?

— Vous avez raison, mille fois raison, mais ils n'y songent pas.

M. B..., par exemple, est un homme politique et très-occupé. Il entend mieux que personne, comme vous le devinez, la manière de gouverner la France et l'Europe. Si on le croyait, comme les choses iraient bien ! Mais, pour faire goûter ses idées les plus lumineuses et surtout pour y plier les hommes, il est obligé de se donner des peines infinies ; en-

core n'y réussit-il pas. Le temps lui manque
pour gouverner sa propre maison, sa femme
et ses enfants ; puis il a un grain d'ambition, je
vous confie cela tout bas : il veut être conseiller d'État, sénateur ou ministre ; cela demande du zèle. Comment voulez-vous qu'il
ajoute à une telle besogne les soucis d'un
autre monde ? Attendez qu'il ait réalisé tous
ses plans.

M. C. est dans les chemins de fer. Il va, il
vient, il donne le mouvement à une multitude
de machines de chair et de métal ; il est du
matin au soir parmi les chariots et les bagages. Le bruit assourdissant de certains carre-
fours de Paris n'est pas comparable au roule-
ment qui se fait perpétuellement dans son
cerveau : quelle voix d'en haut pourrait s'y
faire entendre ?..... Le ciel tonnerait vainement.

Mme D. est dans le commerce. Vous la
voyez sans cesse au magasin, recevant les
acheteurs, multipliant les formules polies,
vantant sa marchandise avec une intarissable
faconde, en montant au mieux, comme toute
bonne marchande. Elle est là depuis son
lever, jasant toujours, et donnant les choses
pour rien, suivant l'usage ; et le soir, elle se
couchera fort tard, non sans avoir compté sa

recette. Toute son âme est là ; elle n'a d'autre pensée que de vendre et de s'enrichir, pour se reposer un peu dans ses vieux jours. Et après ?... Ses idées s'arrêtent là.

Quel moment choisirez-vous pour lui parler du ciel. Vous n'en trouverez pas de libre. Si vous aviez à lui raconter quelque nouvelle scandaleuse ou piquante, elle vous écouterait en vendant et en pérorant ; mais elle n'a pas d'oreille pour les choses du ciel : c'est trop sérieux. Revenez quand elle aura vendu son fonds et pris sa retraite ; alors elle aura peut-être des loisirs et même des ennuis. Vous la distrairez par vos récits, qui lui rappelleront ses pieux souvenirs de catéchisme.

Combien d'autres vous répondront aussi avec une certaine bonne foi : « Je n'ai pas le temps ; j'ai mes affaires ; nous verrons plus tard ! » et ils oublient complètement leurs intérêts éternels, qui sont bien autrement importants ; comme s'il était impossible d'opérer son salut en s'occupant d'affaires temporelles, et qu'il fallût nécessairement renoncer à la politique, à l'industrie, au commerce, à ses devoirs domestiques et sociaux, pour aller au ciel !

Pauvres chrétiens ! ils ne comprennent pas que la religion s'accommode à tous les états et à toutes les situations ; qu'elle les sanctifie tous, sans jamais entraver ce qu'ils ont d'honnête ; qu'elle bénit toute action faite pour accomplir un devoir, et qu'elle y ajoute un mérite surnaturel ; qu'elle soutient le courage et adoucit toutes les peines de la vie; par la grâce présente et par l'espérance des biens à venir; enfin qu'elle exige trop peu de temps pour qu'il ne soit pas ridicule d'en faire une objection.

Soyez de bonne foi : combien faut-il de temps pour aimer Dieu, pour vivre dans sa grâce, pour se soumettre à sa sainte volonté, pour lui offrir votre travail et le prier de le bénir ? En faut-il tant pour faire matin et soir une courte prière, pour assister à une messe le dimanche et pour participer au moins une fois par an au banquet sacré de l'Eucharistie ?

Dieu me garde, messieurs, de rien prendre sur vos graves occupations! Mais ne pourrez-vous pas sacrifier, pour le salut de vos âmes, quelques-uns des instants que vous passez au théâtre, au jeu, au plaisir? Vous savez si bien vous ménager quelque loisir pour vous amuser, et parfois pour faire moins bien!... Tenez! je retiens ma plume, dans l'intérêt de votre réputation !

Mesdames, ne pourriez-vous pas aussi, en prenant votre cœur à deux mains, vous lever

une heure plutôt le dimanche, hâter votre toilette, abréger une conversation frivole ou une
visite inutile, pour l'amour de Dieu, à qui
vous devez tant ? Ne pourriez-vous pas absolument, quelquefois, vous priver héroïquement
d'un bal ou d'un concert, pour donner une
heure à votre âme, à votre éternité, à vos intérêts suprêmes ?... Je le crois. Qu'en dites-
vous ?

Ah ! je sais que vous avez des raisons ; vous
en avez mille et mille, dont vous pourriez
m'écraser et que vous êtes prêtes à développer
tout au long ; vous en avez surtout que vous
ne dites pas, et qui sont les plus fortes... C'est
votre secret. Gardez-le ; mais sachez qu'on le
devine un peu.

Je maintiens avec l'Eglise que personne
n'est dans l'impossibilité absolue de vivre
chrétiennement, et que, si des intérêts temporels mettaient vraiment obstacle au salut, il
faudrait les sacrifier.

III

Malheur au monde à cause de ses scandales.

Le monde est plein de scandales, disait le
Sauveur; « Malheur à lui ! » Et son disciple
bien-aimé, saint Jean, ajoutait : « N'aimez
point le monde, ni ce qui est dans le monde.
Si quelqu'un aime le monde, la charité du
Père n'est point en lui. Car tout ce qui est
dans le monde est convoitise de la chair, convoitise des yeux et orgueil de la vie... Le
monde est tout entier sous l'empire du démon. »
(*I*ᵉ *Epître*, II et V.)

Qu'est-ce donc que le monde, d'après ces
paroles ? C'est l'empire du démon sur la terre ;
c'est le milieu profane où règne encore l'esprit
païen avec ses maximes fausses et corruptrices. Les sujets de cet empire, sous des formes
plus ou moins honnêtes, n'ont guère d'autre
morale que celle de l'orgueil, de l'ambition,
de l'avarice, du sensualisme et de la volupté ;
leurs cœurs se repaissent de séduisantes er-
reurs et d'avilissantes affections ; leur langage
est menteur, antichrétien, tantôt prude à

l'excès, tantôt sans pudeur ; leurs mœurs sont polies, mais relâchées et dissolues ; les apparences tiennent lieu de vertus. Les mots de richesse, de grandeur, de gloire et de plaisir couvrent les plus honteux mystères d'un voile transparent, qui ne trompe personne, mais qui suffit à une société secrètement complice.

Le Sauveur est venu précisément pour arracher les hommes à ce sensualisme grossier et pour élever leurs âmes vers des jouissances spirituelles, plus dignes de leur ambition. Il a donc maudit les trois sources principales des basses concupiscences, l'orgueil, l'avarice et la volupté, au moyen desquelles le démon règne sur le monde infidèle.

Ceux qui appartiennent à ce monde orgueilleux et sensuel ne goûtent pas les maximes évangéliques.

M. D. est un de ces hommes, dans le sens le plus païen. Il croit en Dieu néanmoins, il a été baptisé, il s'en honore. Mais l'Évangile ne fut jamais son code de morale. Né dans l'aisance, puis élevé dans un collége où la religion n'était pas en honneur, il fut secrètement libertin dès ses jeunes années. La fortune l'ayant favorisé, il se crut autorisé à jouir de la vie, comme l'eût fait un épicurien. Aussi avoue-t-il ingénument n'avoir jamais rien refusé à ses désirs : son corps a surtout été l'objet de ses prédilections. Vous le reconnaissez sans peine à son excessif embonpoint.

C'est un homme de grande capacité, qui absorbe à lui seul autant de jouissances que dix autres ; il dépense pour sa personne les revenus de plusieurs fermes, en nourriture, en vins et en liqueurs, en tabac, en vêtements, en jeux et amusements, en chiens et en chevaux, et le reste.

C'est ce qu'on appelle un viveur.

Il est d'un caractère jovial et ne manque pas d'esprit ; il sait dire un bon mot, plaisanter avec quelque grâce et rire à gorge déployée. Mais il n'en est pas moins fier, susceptible, irascible et grossier comme un portefaix, quand on le contrarie. Ses domestiques ont tous éprouvé sa fureur et sa brutalité.

Les plaisirs ont usé sa constitution ; il est sujet à des accès de goutte, qui le font crier et blasphémer comme un damné. Il ne connaît ni la patience ni la résignation ; jamais il n'avait souffert.

Allez lui parler de religion : il en a, vous dira-t-il ; mais la sienne se borne à croire en Dieu. Parlez-lui d'Eglise et de sacrements :

s'il est de bonne humeur, vous l'amuserez ; s'il souffre, il vous imposera silence. Est-ce qu'un homme comme lui s'occupe de pareilles questions ? Ne sait-il pas à quoi s'en tenir ? Il n'a fait de mal à personne ; que faut-il davantage ? S'il a une âme, elle n'a rien à craindre ; soyez tranquille.

C'est ce que dit aussi maître Jacques, son cuisinier. « Monsieur est un bon vivant ; ne le tourmentez pas. Il n'a jamais ni tué ni volé. Il s'est amusé, comme tant d'autres, pendant qu'il était jeune ; maintenant il n'a plus d'autre plaisir que de boire et de manger. Quel mal y a-t-il à cela ? » Maître Jacques ouvre une large bouche et attend une réponse, dans l'attitude d'un pourfendeur, qui tient d'une main le cou d'une oie et de l'autre le coutelas de la cuisine ; il est sûr d'avoir raison.

Dieu nous garde d'entrer en lutte avec un pareil athlète !

Nous pourrions tracer ici quelques portraits de viveurs plus distingués, qui flânent sur les places publiques et sur les boulevards, qui font l'ornement habituel des cafés, qui passent leur vie à fumer, à danser, à monter à cheval, à chasser le lièvre ou le sanglier, et à faire mille autres choses d'une égale importance. Mais notre galerie est trop étroite ; il faut que nous réservions quelques places pour les dames.

Le sensualisme de Mme F. est plus délicat, comme il convient à son sexe; mais il n'en est pas moins païen et moins dégradant. Elle est née dans la mollesse, elle y a vécu, et elle y mourra. Demandez-lui ce qu'elle est venue faire en ce monde; elle ne le sait pas précisément, à moins qu'elle n'y soit pour rire, s'amuser, recevoir des compliments et dépenser son bien en festins ou en équipages.

Quel emploi fait-elle de son temps? Le voici : elle se lève de dix heures à midi, après avoir déjeuné dans son lit. Plusieurs heures sont destinées à sa toilette, je veux dire aux soins de ses femmes de chambre et de sa coiffeuse; car madame ne sait rien faire par elle-même. Ensuite elle monte en voiture pour rendre visite à ses amies et jouer avec elles jusqu'au dîner, ou bien pour faire une promenade à la campagne. Quand elle ne sort pas, elle se désennuie en lisant les romans nouveaux; ceux qu'elle préfère sont les plus scandaleux, parce qu'ils sont les plus piquants et les plus émouvants. La plupart du temps, elle dîne en ville et passe la nuit en soirée, au bal ou au spectacle. Rarement elle se couche avant minuit; c'est son excuse pour se lever si tard.

A-t-elle un mari ? Oui, pour son bonheur ; c'est lui qui gère les biens de madame et qui paye ses dépenses, sans qu'elle ait à s'occuper de rien.

A-t-elle des enfants ? Oui, mais elle les a mis en nourrice, puis en pension, pour n'en être point embarrassée.

Fait-elle quelque chose d'utile ? Mais... oui... oui...

Rend-elle quelque service à la société ? Certainement... Elle dépense..., elle encourage le commerce de luxe... elle donne des soirées qui attirent beaucoup de monde.

A-t-elle de la religion ? Mais oui... Elle va à la messe d'une heure le dimanche et quelquefois au sermon, quand le temps est beau et qu'elle n'a point à craindre de s'enrhumer.

Quelle faveur elle fait à Dieu !

Mlle E. n'est point assez riche pour aller dans le monde de Mme F., et elle ne s'en console pas ; car elle aime la toilette et le plaisir au delà de toute expression. Combien elle envie le sort de celles qui ont de brillantes parures, qui vont au bal de la haute société et qui passent les nuits à danser ! Le seul bruit de la musique la fait tressaillir ; puis elle pleure de dépit et de jalousie. Que n'est-elle riche !

10

Comme elle a des prétentions supérieures à son rang, les jeunes gens de sa condition ne la demandent point en mariage. Elle vieillit..... Autre sujet de chagrin.

Dernièrement elle a voulu tenter un suprême effort, m'a dit une dame de ses amies. Invitée à une noce bourgeoise, elle a revêtu ce qu'elle avait de plus frais et de plus brillant. Son chapeau était orné de fleurs et d'aigrettes, en guise de flammes. Bref, il ne manquait rien à sa toilette. Elle s'est présentée avec grâce, elle a dansé avec élégance, elle a fait flèche de tout bois..... Vain espoir! C'était son Waterloo !!

Elle mourra sans être mariée peut-être, sans être riche, sans avoir fréquenté les salons parfumés, sans avoir dansé avec les gentilshommes et sans avoir passé de longs jours à deviser sur les soyeux coussins de la mollesse. Elle aura aimé le monde, et le monde ne lui en aura pas su gré! Quel crève-cœur! Puis, que répondra-t-elle à Jésus-Christ qui défend d'aimer le monde et ce qui est dans le monde?

Ainsi les riches se perdent par le sensualisme, et les pauvres par une ambition jalouse.

On citerait cent histoires qui démontreraient combien de prétendus chrétiens, au lieu d'avoir l'esprit de l'Evangile, professent des maximes toutes païennes, et suivent sans scrupule les instincts de la chair ou les inspirations de l'orgueil. Continuons le même sujet sous un autre titre.

IV

Si votre œil vous scandalise, arrachez-le.

Quelle morale ! s'écrie Mme F. Juste ciel ! s'arracher les yeux ? Qui jamais a pu donner un tel conseil ?

— Le Fils de Dieu, ne vous en déplaise. Écoutez. Le Sauveur sait que le monde est plein de scandales et que le cœur humain se laisse facilement séduire ; il veut que nous sauvions nos âmes à tout prix et que nous ne reculions pas même devant la mort : « Celui qui perdra la vie pour moi, dit-il, la retrouvera. » Fallût-il donc sacrifier ses membres et son corps tout entier, notre intérêt éternel ne permet pas d'hésiter. Voici ses paroles tout au long :

« Si votre main vous scandalise, coupez-là ; car il vaut mieux pour vous entrer dans la vie

éternelle avec une main, que d'aller, ayant
deux mains, dans la géhenne du feu inextin-
guible,

« Où le ver des damnés ne meurt point et
où le feu qui les brûle ne s'éteint point.

« Si votre pied vous scandalise, coupez-le;
il vaut mieux pour vous entrer dans la vie
éternelle privé d'un pied, que d'être jeté avec
vos deux pieds dans la géhenne du feu inextin-
guible,

« Où le ver de la conscience ne meurt point
et où le feu ne s'éteint jamais.

« Si vote œil vous scandalise, arrachez-le;
car il est préférable pour vous d'entrer avec
un seul œil dans le royaume de Dieu, que
d'être précipité, ayant deux yeux, dans la
géhenne de feu,

« Où le ver rongeur ne meurt pas et où la
flamme ne s'éteint jamais. » (S. Marc, IX,
42-47.)

Que signifie cet énergique langage? Qu'il ne
faut reculer devant aucun sacrifice, quand il
est nécessaire au salut de l'âme. Mais on ne
vous prescrit pas d'employer ces moyens violents, si de plus doux suffisent. Or, qui ne
peut résister aux tentations sans avoir besoin
de se couper un pied ou de s'arracher un
œil?

Rompez du moins tous les liens qui vous attachent à l'iniquité. Immolez vos caprices, vos désirs coupables, vos passions mauvaises et vos habitudes les plus invétérées. Fuyez les scandales, les périls, les occasions de péché, à l'exemple des premiers chrétiens, qui, se convertissant du paganisme à la foi, désertaient les cirques, les théâtres et tous les lieux de plaisir, où la vertu courait un danger. Ce sont vos pères et vos modèles.

N'avez-vous pas fait, comme eux, les promesses du baptême? — Oui.

N'avez-vous pas été reçus dans l'Eglise à la condition formelle et solennelle de renoncer aux œuvres du démon et aux amusements dont il est l'instigateur? — Oui.

D'où vient qu'on vous trouve à la porte des plus mauvais théâtres et des bals les plus mal famés? Est-ce que ces lieux sont moins dangereux que ceux de la Grèce et de Rome aux temps païens?

Les vieux habitués répondent avec une certaine bonne foi que le péril n'est pas grand pour eux. En effet, ils sont blasés. Triste aveu, qui est un blason d'ignominie! Mais ne doivent-ils pas au moins donner le bon exemple à leurs fils et à la jeunesse?

Et tous ces jeunes gens, qui se pressent en

10.

foule à ces amusements décriés, n'y courent-ils aucun danger? Le motif qui les amène est-il pur et chrétien? Nous savons trop bien à quoi nous en tenir, pour nous faire illusion. C'est la passion qui les amène, et c'est le démon de la volupté qui triomphe.

La haute société croit échapper à l'anathème de Jésus-Christ par la bonne tenue de ses soirées et par le choix des personnes qui s'y trouvent. Mais la politesse du langage et des manières offre-t-elle une garantie sérieuse contre les artifices de la coquetterie et contre la secrète corruption des cœurs? Ces jeunes seigneurs, aux mœurs efféminées, ont-ils une vertu plus solide que les enfants du peuple? Ces jeunes femmes, si richement parées et si bien formées à l'art de plaire, ont-elles une mise plus modeste et moins séduisante que les petites bourgeoises? Détrompez-vous. Il en est de ces bals comme des romans : ce ne sont pas les plus grossiers qui sont les plus dangereux; il y a un art de tout dire et de tout faire comprendre, sous la gaze transparente de l'honnêteté.

Comment se passent vos soirées dansantes, et quels en sont les principaux acteurs? Ce sont des jeunes gens de peu ou point de vertu, qui ne réussiraient peut-être pas à garder leur chasteté au fond d'un désert, et que vous allez exposer aux plus redoutables assauts de la volupté. Vous leur avez préparé une salle chaude et parfumée, étincelante de lumière ; une musique passionnée, qui exalte et qui amollit le cœur tour à tour ; des danses habilement calculées pour impressionner les sens et pour exciter les passions; enfin, une collection de jeunes dames et de demoiselles, qui vont se présenter dans le costume le plus immodeste que la mode puisse permettre.

Voici Mlle G., dont la beauté précoce fait des jalouses et que sa mère amène dans un costume de Cupidon, ornée de diamants, de rubans et de dentelles. Après elle, arrive Mlle I., qui était naguère le modèle du catéchisme de persévérance et qui maintenant est une lionne, comme était sa mère. Vous la voyez à toutes les soirées; elle y danse avec fureur. Pensez-vous qu'elle se propose de glorifier Dieu et d'édifier le prochain, en venant montrer ses épaules nues à cette foule de jeunes gens, en passant devant eux d'une façon agaçante et en leur souriant avec tant de coquetterie? Voici Mme H., jeune encore et toujours passionnée pour le plaisir. Enfin voici, les unes après les autres, une multitude de femmes, toutes richement parées, toutes coquettes à l'envi, toutes unissant la chaste nudité des Naïades à la toilette étincelante des divinités de l'Olympe. C'est un spectacle unique; nulle part ailleurs des femmes honnêtes n'oseraient violer à ce point les règles de la pudeur. Ici tout est permis, de par la mode et le seigneur Satan.

On va commencer. Les hommes et les femmes se mêlent en se complimentant. Au son des instruments, tout ce bataillon s'ébranle et se meut en cadence; chacun déploie le mieux qu'il peut les grâces de sa personne. Après la danse ordinaire, vient la valse; les jeunes filles, avec les jeunes gens, tournent élégamment autour de la salle, tandis que leurs parents applaudissent du regard à leurs prouesses voluptueuses. Tout est bien, si personne n'a rien négligé de ce qui pouvait plaire et séduire; on se retire fatigué, mais content.

Pourquoi ne le serait-on pas? Les passions ont été satisfaites le plus honnêtement du monde, et chacun y a trouvé ce qu'il y était venu chercher, ou à peu près.

Quoi, me dira-t-on ? Oserez-vous bien le dire ? — Oui, je l'oserai, quand on aura eu la franchise de me répondre aux questions suivantes :

Messieurs, croyez-vous avoir suivi les con-

seils du Saint-Esprit en venant danser avec
ces femmes immodestes? Ils semblent donnés
exprès pour vous : « N'arrêtez pas vos regards
sur une jeune fille, de peur que sa beauté ne
vous soit une cause de chute. Détournez vos
yeux d'une femme parée; car les mauvaises
passions s'enflamment comme le feu. Beaucoup d'hommes ont péri dans ce piége. L'iniquité de l'homme naît de la femme, comme la
teigne des vêtements. Gardez-vous de fré-
quenter une danseuse et de l'écouter, de peur
que vous ne périssiez dans ses filets. » (*Eccli.*, IX
et XLII.) Le désir suffit pour donner la mort à
l'âme : « Celui qui regarde une femme avec un
mauvais désir, dit Notre-Seigneur, a déjà
commis l'adultère dans son cœur. » (*S. Matth.*,
V, 28.) Cela posé, dites-nous avec sincérité,
messieurs, si vous êtes venus au bal par une
inspiration du Saint-Esprit ou par quelque
autre influence.

Mesdames, vous ne vous proposiez pas sans
doute de jeter dans les cœurs un poison mortel, ni de chercher au bal la ruine de votre
propre vertu. Ne disputons pas sur ce point.
Mais dites-nous franchement pourquoi vous
bravez ainsi la pudeur, et pourquoi vous tenez
si opiniâtrement à ces nudités, qui font rire
les hommes à vos dépens et que tout le monde

regarde comme immorales. La raison, s'il vous plaît... Vous rougissez!

Vous êtes presque unanimes à trouver le bal fort innocent et à vous étonner que des âmes honnêtes y voient quelque mal. Eh bien! j'en appelle à votre génie, et je vous mets au défi d'inventer un amusement qui, sans être infâme, soit mieux fait pour ébranler la vertu et pour corrompre les mœurs.

J'attends vos réponses pour vous donner la mienne.

V

Entrez par la porte étroite.

Le Fils de Dieu est venu sur la terre pour enseigner aux hommes le chemin du ciel, qu'ils avaient perdu; or, voici les indications qu'il leur a données pour les guider:

« Entrez par la porte étroite; car la porte large et la voie spacieuse conduisent à la perdition, et néanmoins beaucoup de personnes y passent. » (S. Matth. VII, 13.)

Est-ce clair? Ne vous laissez pas tromper: il y a deux portes et deux chemins; entrez par la porte étroite et ne suivez pas la voie large, malgré l'affluence que vous y pourrez trouver, car elle mène à l'enfer. Pour rendre toute erreur impossible, et pour provoquer une crainte salutaire, il insiste avec un accent de douleur : « Que la porte de la vie est petite et que la voie qui y mène est étroite ! Combien peu la trouvent ! »

Après un avertissement aussi net, la foule aurait dû s'éloigner de la voie large et se porter en masse vers la porte étroite. Que lui fallait-il de plus pour connaître son chemin ? Elle feignit de n'avoir pas compris.

Serons-nous plus sages au dix-neuvième siècle ?

Les apôtres et les saints ont ajouté d'intéressants détails à la parole brève du divin Maître. Voici, d'après eux, la topographie de le voie étroite :

Elle monte tout droit vers le sommet de la montagne, où vous apercevez d'ici l'entrée du ciel, au milieu des nuages. Elle est escarpée, rocailleuse, souvent embarrassée de ronces et d'épines, exposée aux coups de vent et aux ardeurs du soleil durant la plus grande partie du trajet. Mais elle est bordée de chapelles, d'églises, de monastères, de maisons de charité, où les pèlerins peuvent se reposer et reprendre des forces. Dans les anfractuosités des rochers, à une certaine hauteur, on rencontre des grottes fraîches et des sources délicieuses, où les âmes méditatives s'arrêtent avec bonheur et sont visitées par les anges; car ils descendent du ciel pour les encourager, et leur apportent une nourriture mystérieuse, qui centuple leurs forces et qui leur adoucit toutes les fatigues du chemin.

Cette route n'a point été préparée pour de brillants équipages; on est forcé d'y marcher à pied. Les toilettes ambitieuses y seraient sans cesse accrochées aux pierres et aux épines; la mise des voyageurs ne saurait être trop simple. Ceux-là ne seraient pas moins fous et moins ridicules qui chargeraient leurs épaules de bagages inutiles, fût-ce de l'or ou des pierres précieuses; car ces fardeaux entravent la marche et ne sont point reçus à la porte du ciel.

L'autre voie est spacieuse, unie, ombragée et pleine d'agréments. Elle serpente autour de la montagne, en passant par les plus belles vallées et par les sites les plus pittoresques, tantôt se rapprochant de la voie étroite et de ses églises, tantôt s'en éloignant à perte de vue, pour aboutir enfin à une noire forêt et à un défilé sans issue, au bord d'un précipice insondable. Jusque-là, elle est ombragée par de beaux arbres et environnée de jardins, de bosquets et de maisons de plaisance. A chaque pas, on rencontre des cirques, des amphithéâtres, des salles de spectacle et des estaminets superbes; on y entend jour et nuit des instruments de musique, des chants joyeux, des bruits de fête, comme dans le monde des fées. L'aspect en est enchanteur.

C'est là que la richesse orgueilleuse se plait à promener ses livrées, et que les dames vaniteuses étalent leurs plus brillantes toilettes. On y passe les jours en courses et en promenades, et les nuits en jeux et en danses. Tous les baladins et les badauds du monde s'y sont donné rendez-vous, pour amuser les curieux par des farces et pour s'enrichir à leurs dépens. C'est la région des plaisirs : on y rit, on y chante, on y saute, on s'y enivre, on y perd la tête; on y oublie sa fin dernière, ses devoirs les plus saints, ses intérêts les plus sacrés, et l'on se croit heureux!

Cette brillante et joyeuse foule renferme pourtant la lie de la société, tout ce qu'il y a de plus vil et de plus corrompu, tous les déserteurs de l'Évangile et les adorateurs du diable; tous ceux, enfin, que saint Paul déclare exclus du royaume de Dieu : « les fornicateurs, les idolâtres, les adultères, les efféminés, les abominables, les voleurs, les avares, les ivrognes, les médisants et les rapaces. » (I *Cor.*, VI.)

Le bonheur de vivre avec cette engeance est encore altéré par plus d'un mécompte; car, dans ces chauds climats, il y a des maladies affreuses; dans ces bosquets, il y a des serpents cruels; dans ces vallons ombragés, il y a des brigands; et jusque dans ces palais de la volupté, il y a des déceptions et des douleurs. Quelquefois il s'en échappe des cris si lamentables et si perçants, qu'ils parviennent jusqu'aux oreilles des enfants de Dieu, sur le chemin du ciel. C'est surtout dans la forêt noire, au bord de l'abime infranchissable, que les clameurs sont horribles : on a justement nommé cet endroit le défilé de la mort ou du désespoir.

Entre les deux routes, il y a de petits sentiers escarpés qui les rejoignent et qui permettent à certaines âmes de passer de l'une à l'autre; les anges donnent volontiers la main à celles qui montrent du courage et qui désirent remonter dans le chemin du ciel. Mais combien peu dissipent à temps leurs illusions et savent être assez généreuses pour abandonner la voie des faux plaisirs!

Le sort de la plupart des hommes dépend des premiers pas qu'ils font dans la vie.

Le jeune K. ne sait à quoi se résoudre. Il est venu jeter un coup d'œil sur le petit chemin qui mène rapidement au sommet de la sainte montagne; mais il a pâli, et il s'est retiré pensif. De là, il est allé voir ce qui se passe à la grande porte : cette multitude riante, cette voie large et ombragée, ces bruits des maisons de plaisir, toute cette perspective enchanteresse l'a séduit; il s'est engagé parmi la foule bruyante, et il a livré son cœur à la joie mondaine.

Maintenant, il n'est plus occupé qu'à regarder les dames, à considérer les saltimbanques, à repaître ses yeux et ses oreilles des spectacles installés sur le chemin. Puis, il s'assied dans les cafés, y devise de longues heures sur des riens, fait à tort et à travers de la politique et de la galanterie, se rend le soir au théâtre, et y passe la nuit. Voilà sa vie. Il ne se souvient plus qu'il y a un Dieu et une éternité, qu'il a une âme immortelle et qu'il doit avant tout la sauver ; il ne veut pas même y penser, parce que cette pensée troublerait ses plaisirs. Pauvre jeune homme ! quand s'arrêtera-t-il? peut-être au bord de l'abîme. Heureux encore s'il ne met pas un épais bandeau sur ses yeux, comme tant d'autres, pour y tomber sans en apercevoir la profondeur.

Lord H. est aussi venu, par curiosité, jusqu'à la petite porte; il est venu en voiture jusqu'au bas du tertre, parce que son embonpoint lui rend la marche difficile. A peine a-t-il vu l'escarpement du chemin, qu'il a fait une grimace horrible et s'est précipité d'un bond dans sa voiture, comme un écolier qui a peur d'être mis en retenue. Soudain, il a disparu dans un tourbillon de poussière, se dirigeant vers l'autre porte. Nous l'avons aperçu depuis se promenant, une canne à la main, sur la route enchantée que suivent les sensuels et les voluptueux, à l'entrée des cafés et des théâtres.

Beaucoup de jeunes personnes se sont approchées aussi de la petite porte et l'ont regardée avec des yeux pleins de larmes. On voyait leur désir; mais elles avaient des robes à queue si longues et si amples, des chaussures si fines, une toilette si fraîche et si délicate, qu'elles n'osaient se hasarder dans le raboteux sentier. Puis, elles semblaient se dire : « Qui nous admirera sur cette route, où la vanité n'a point d'adorateurs?... » Elles étaient bien embarrassées, car elles ne voulaient point renoncer au ciel : « Nous réfléchirons ! » disaient-elles en s'éloignant.

Elles rencontraient des femmes perverses et artificieuses, qui leur disaient : « Vous êtes dans l'âge des plaisirs ; allez danser avec les jeunes gens et recevoir les hommages qu'on décerne à la beauté. Amusez-vous, livrez-vous au plaisir. Plus tard, quand vous aurez perdu la fraîcheur de la jeunesse, vous laisserez les jeux mondains et vous servirez Dieu. » La plupart étaient séduites par ce langage impie, et couraient à la voie large, pour n'en revenir jamais ; quelques-unes seulement découvraient le piége, et reculaient devant la tentation.

Mme J. se croit plus habile que tout cela : elle a trouvé, s'imagine-t-elle, le secret de marcher à la fois par les deux chemins. Elle se promène habituellement dans la voie large, et fort à son aise ; il n'est point de spectacle qu'elle ne voie, point de soirée où l'on danse sans elle, point de partie de plaisir dont elle ne soit ; enfin, point d'amusement dont elle ne prenne sa très-large part. Mais elle connait les petits sentiers qui mènent aux églises du chemin céleste, et elle y va aux bonnes fêtes ; personne n'y est plus dévote qu'elle et n'est mieux pourvue d'Heures, de chapelets, d'Imi-

tations, de tout ce qu'il faut. Elle chemine pen·
dant quelques jours avec les élus du Seigneur;
puis, elle se laisse choir tout doucement, sur
la pente, dans la route des plaisirs, sans que
les gens d'église s'aperçoivent de sa dispari-
tion. Voyez comme elle est fine et maligne !

Quand elle se sentira malade, elle se fera
porter sur le sentier du paradis, et les anges
qui emmènent les âmes défuntes au ciel, pren-
dront la sienne parmi les autres, sans qu'ils
s'en doutent. En voilà une rusée !

VI

Vous aimerez votre prochain comme vous-même.

Il ne suffit pas d'aimer Dieu pour être sauvé,
il faut encore aimer son prochain comme soi-
même, c'est-à-dire qu'il faut souhaiter aux
hommes, ses frères, tout le bien qu'on désire
pour soi, et qu'on ne doit jamais leur faire ce
qu'on ne voudrait pas souffrir. Qu'en pensez-
vous, capitaine ?

— Je trouve cette loi très-sage : traiter les
hommes comme ils vous traitent...

— Du tout, mon cher monsieur! Vous n'y êtes pas. Votre maxime est condamnée par le Sauveur. Les Juifs de son temps disaient comme vous : « Il faut rendre la pareille, exiger dent pour dent, œil pour œil. » Jésus-Christ les en reprend formellement : « Pour moi, je vous dis de ne point résister aux mauvais traitements ; mais , si quelqu'un vous frappe sur la joue droite, présentez-lui la joue gauche. » (S. *Matth.* v. 39.)

— Diantre ! je ne suis pas de cet avis-là. Si quelqu'un me donne un soufflet, je lui en donnerai deux ; et, s'il riposte, je l'assommerai, ou bien il sera plus fort que moi. Voilà mes principes.

— Ils ne sont pas chrétiens. Un disciple de la croix doit donner l'exemple de l'humilité et de la douceur.

— Mais faut-il donc se laisser insulter et maltraiter ? N'est-il pas naturel de se défendre ?

— Il est naturel et permis de se défendre avec modération, avec charité, sans excéder le besoin de la défense ; mais il est plus parfait ordinairement de n'opposer que la mansuétude et la patience aux vexations de la haine ou aux emportements de la colère. Dieu paye au centuple ces actes de vertu, et souvent les coupables eux-mêmes en sont touchés au po:nt d'offrir spontanément une réparation satisfai·sante.

— Je n'attends pas qu'on me l'offre, je la prends; c'est plus court. Je ne suis pas vindi·catif, mais je suis juste et prompt. Je n'atta·que personne, mais on ne m'outrage pas im·punément.

— Capitaine, vous êtes franc, vous êtes brave, vous êtes généreux; il faut apprendre à rendre le bien pour le mal. On peut traiter les hommes en ennemis sur un champ de ba·taille; mais un chrétien ne connait pas d'en·nemis en dehors de là.

— Je n'en ai point.

— Si pourtant quelqu'un se faisait votre ennemi sans raison, vous calomniait et vous persécutait, comment le traiteriez-vous?

— Celui-là ferait bien de ne pas me rencon·trer sur le chemin.

— Les anciens disaient comme vous : « Il faut aimer ses amis, mais on peut haïr ses ennemis. » Or, savez-vous ce que le Sauveur, venu du ciel pour redresser nos fausses maxi·mes, répondait à cela ? « Pour moi, je vous dis : Aimez vos ennemis, faites du bien à ceux qui vous haïssent, et priez pour ceux qui vous per·

sécutent et vous calomnient. » (S. Matth.,
v, 43 et 44.)

— C'est mieux, c'est beau ! j'en conviens.

— « Montrez-vous les enfants du Père céleste, qui fait lever son soleil sur les bons et sur les méchants, et pleuvoir sur les justes et les injustes. Si vous n'aimez que ceux qui vous aiment, et si vous ne saluez que ceux qui vous saluent, faites-vous plus que les païens et les publicains ? Soyez donc parfaits, vous, comme votre Père céleste est parfait. » (Id., suite.)

— C'est magnifique, mais je n'arriverai jamais là. .

— Vous y arriverez, capitaine, si vous le voulez ; car rien n'est impossible à la volonté soutenue par la grâce. Combien de vaillants militaires, au milieu des supplices, ont prié pour leurs bourreaux !

Mᵐᵉ M. n'est pas aussi sincère que notre capitaine, elle connait l'Evangile et croit le pratiquer ; et pourtant elle a des ennemis auxquels son cœur ne pardonne pas. « Je ne leur souhaite point de mal, dit-elle, mais je ne veux les voir ni les entendre ; je ne puis oublier le mal qu'ils m'ont fait. » Elle ne saurait parler d'eux avec calme et avec charité ;

son visage prend les traits de la haine, ses
yeux lancent des étincelles, et sa langue vibre
dans sa bouche, comme le dard du serpent;
elle les immolerait à sa vengeance, si la religion le permettait. Cette pauvre dame ne se
fait-elle pas illusion ? Son cœur n'est-il pas
ulcéré, quand elle le croit guéri ? A-t-elle ac-
cordé un pardon aussi généreux et aussi complet que celui qu'elle espère obtenir de Dieu
pour ses propres péchés ? Il y a lieu d'en
douter.

Mademoiselle V. est une orgueilleuse et une
bavarde. Elle a reçu une injure de quelqu'un
et elle s'en plaint à tout le monde, en ajou-
tant : « Je lui pardonne de bon cœur. » Elle
raconte la chose de la façon la plus désagréable pour cette personne, et elle y ajoute cent
autres histoires malveillantes, qui sont pour
le moins de très-grandes médisances, répétant
toujours : « Je lui pardonne de bon cœur. »
Hé, mademoiselle, que feriez-vous de plus si
vous ne lui pardonniez pas ? »

Combien de chrétiens prononcent leur condamnation chaque fois qu'ils répètent ces paroles de l'oraison dominicale : « Père céleste,
pardonnez-nous nos offenses, comme nous
pardonnons nous-mêmes à ceux qui nous ont
offensés ! »

VII

Vous voyez une paille dans l'œil de votre frère, et vous ne voyez pas une poutre qui est dans le vôtre.

Si la charité est le signe distinctif des disciples de Jésus-Christ, suivant sa parole, avouons qu'il n'y a plus guère de vrais disciples dans le monde. Car avec quelle sévérité et quelle malice les hommes ne se jugent-ils pas les uns les autres ! On voit les défauts du prochain, on les exagère et on les critique sans ménagement. Au lieu de songer à corriger les siens, on les dissimule, on se fâche contre ceux qui s'en plaignent, on leur cherche des torts, on leur en trouve de pires et on les publie avec un infernal plaisir.

Serait-ce donc en vain que Notre-Seigneur a dit : « Ne jugez point, et ne condamnez point, si vous ne voulez être jugés et condamnés ? Car on vous jugera avec la même sévérité que vous aurez mise à juger les autres. Comment voyez-vous une paille dans l'œil de votre frère, et ne voyez-vous pas la poutre qui est dans le vôtre?... Commencez par ôter cette poutre de votre œil, et alors vous pourrez songer à ôter la paille de celui de votre frère. » (*S. Luc*, VI, 37 et 41.)

Madame B. est un de ces caractères malheureux qui semblent nés pour faire souffrir les autres. Toute jeune, elle était le désespoir de sa mère ; plus âgée, elle ne s'est point laissé diriger par ses institutrices ; mariée au plus pacifique des hommes, elle le tourmente et lui fait expier tous les jours le tort de l'avoir épousée. Le croiriez-vous ? elle avoue modestement qu'elle n'est pas irréprochable, mais elle trouve des défauts sans nombre à ce pauvre mari, qui n'en eut jamais d'autre que celui de n'être point assez méchant et de ne l'avoir point mise, de prime abord, à sa place. Elle le vexe, elle l'aigrit, elle le fait mettre en colère, puis elle s'écrie triomphante : « Vois-tu ton affreux caractère ? » Il est obligé de prendre la fuite pour avoir la paix.

Est-elle plus charitable envers les personnes de sa maison ? Non ; elle change de domestiques tous les trois mois ; ils ont tous des caractères détestables ! Est-elle plus gracieuse envers les étrangers ? Oui, d'abord ; elle les accueille avec une très-grande politesse et une

amabilité charmante. Souvent elle les séduit
par les grâces de son esprit et par les agréments de sa conversation. Mais, à la première
contrariété qu'elle éprouve, ses procédés deviennent plus froids; elle trouve telle personne
bien sotte, telle autre bien impertinente, et elle
le dit à ses amis. Ses amis, qui ne l'aiment
point ou très-peu, ne sont point assez discrets : ils le répètent. De là des brouilleries
qui diminuent ses relations et qui lui attire-
ront peut-être un châtiment bien mérité, le
dédain et l'abandon. Elle n'y comprendra rien,
elle en sera furieuse, elle se déchaînera contre
ceux qui la délaisseront. Pauvre tête ! Elle
n'aura de repos et n'en laissera aux autres
que le lendemain de son trépas; soit dit toutefois sans préjudice du purgatoire, en ce qui
regarde son âme.

Les dames me pardonneront-elles de leur
dire une dure vérité? C'est qu'elles ont la
plupart un penchant très-vif à la critique et à
la médisance; de la médisance à la calomnie,
il n'y a qu'un pas. Que de fois la charité et
même l'amitié sont sacrifiées au plaisir de dire
un mot piquant, d'apprendre une nouvelle
intéressante, de révéler un travers, un scandale, un secret qu'on devait garder, ou un ridicule qu'on devait cacher ! Combien vous

aimez à faire rire aux dépens d'autrui, surtout
quand il s'agit d'une rivale en toilette et en
beauté, ou d'une personne qui a blessé votre
vanité et votre orgueil! Il semble que vous
goûtiez dans ce cruel passe-temps toutes
les douceurs de la victoire et de la vengeance.

Mesdemoiselles B. ne sont pas précisément
méchantes; mais elles sont curieuses et très-
bavardes. Elles aiment à jaser, à recueillir et
à colporter les nouvelles, à dire leur mot sur
tout, et notamment à soutenir la morale par
un blâme énergique contre tout scandale qui
se produit. Elles ont vieilli dans cette office
de zèle, et tout le monde les connaît pour
telles dans leur petite ville.

Certain jour que la population avait été
mise en émoi par un événement grave, et que
leur digne pasteur était allé au chef-lieu pour
y remplir une mission de paix, elles atten-
daient avec impatience le retour de la voiture
publique, pour avoir les premières nouvelles
de la bouche même de leur cher curé. Vain
espoir! Il ne descendit pas de la voiture, il ne
répondit pas à leur voix. Mais, à sa place, un
bourgeois malicieux les salua et leur dit, en
les prenant à part : « Hélas ! mesdemoiselles,
j'ai le cœur bien triste... Me promettez-vous

le secret? Je vous apprendrai tout. — Certainement, monsieur; parlez. — Vous me promettez de n'en rien dire à qui que ce soit? — Nous vous le promettons. — Eh bien! M. le curé est en prison. — En prison! se récrient-elles en pâlissant. Oui, le procureur de la République l'a fait arrêter sous mes yeux! Mais il est mal informé; il a été trompé par des calomniateurs. Des demain peut-être M. le curé sera relâché. — Ah! n'en doutez pas, c'est un saint prêtre. A quelles épreuves la vertu est exposée! — Je retournerai demain pour connaître la suite. Gardez bien le secret. — Oui, oui; soyez tranquille. »

Jugez de la stupéfaction et de la douleur de ces excellentes personnes! Le poids était trop lourd pour le porter seules. Elles vont trouver deux amies, chrétiennes et discrètes comme elles, qui étaient dépositaires de tous leurs secrets. Elles leur racontent en confidence tout ce qui vient de se passer. On se récrie : « Ce n'est pas possible! c'est affreux! Il faut envoyer une députation pour le réclamer. » Toutefois, après avoir longuement délibéré, on décide que le secret sera gardé jusqu'au retour du courrier.

Je ne sais comment la chose se fit; mais, le lendemain matin, toute la ville savait la nouvelle et se livrait aux commentaires.

Le soir, à l'arrivée de la voiture, une foule curieuse se pressait devant l'hôtel de la poste. Voici M. le curé lui-même, en personne, qui descend des premiers. Quelle surprise! Ce fut une joie universelle. Aussitôt on s'approche; ceux qui le connaissent davantage le félicitent, le complimentent, lui prennent les mains; il n'y comprend rien. Sa domestique l'accueille en pleurant de joie, et lui débite ses condoléances. Il est stupéfait à son tour et s'écrie : « Qui a pu inventer un pareil conte? — Vous n'avez donc pas été en prison, dit la pauvre fille en joignant les mains ? — Pas du tout ; j'ai fait mes affaires et me voici. » Toute la soirée, il eut à recevoir les visites et les félicitations des notabilités de la ville, que son prétendu malheur avait fort émues.

Les demoiselles B. vinrent aussi ; mais on dit qu'il les mit à la porte, pour leur apprendre la discrétion.

VIII

Tous ceux qui disent : Seigneur, Seigneur, n'entreront pas pour cela dans le royaume des cieux.

Qui donc y entrera, Seigneur ?

— « Celui qui fait la volonté de mon Père. »

Dieu ne se contente pas des apparences et ne se laisse pas tromper, comme les hommes, par les artifices de l'hypocrisie. Il voit le fond des cœurs : il veut une religion vraie, des intentions pures, des vertus réelles, et n'accepte point des génuflexions sans sincérité ou des protestations menteuses. Jésus-Christ n'a-t-il pas assez répété : « Malheur à vous, hypocrites ? »

A la cour des princes, il suffit d'être obséquieux, de faire l'empressé et montrer du zèle, pour éblouir les courtisans et pour mériter un sourire du maitre. Mais, au service de Dieu, cette vaine comédie n'obtient qu'une malédiction.

« Gardez-vous, nous dit le Sauveur, de faire

vos bonnes œuvres pour être vus des hommes ; car vous perdriez la récompense que votre Père céleste vous destine.

« Quand vous faites l'aumône, ne l'annoncez pas à son de trompe, comme les orgueilleux ; mais plutôt que votre main gauche ignore ce que fait votre droite.

« Si vous priez, ne cherchez pas à le faire voir par ostentation ; mais retirez-vous plutôt dans votre oratoire, et priez votre Père en secret. Il voit ce qui se passe dans le secret, et il vous en tiendra compte. » (S. *Matth.*, VI.)

Loin qu'il soit défendu d'édifier son prochain, c'est quelquefois un devoir ; mais il est souvent plus utile de cacher ses bonnes œuvres sous le voile de l'humilité.

De nos jours, les hommes qui ne sont pas chrétiens ne cherchent point à le paraître, et ceux qui le sont sincèrement ne cherchent point à le cacher.

Mais les femmes ne sont pas toutes aussi sincères. Beaucoup feignent d'avoir de la religion et en ont très-peu, ou l'arrangent à leur manière. Elles repoussent la flétrissure de femme impie, parce qu'elles savent les conséquences que l'on en tire ; mais elles n'acceptent pas les devoirs que l'Évangile impose. Un honnête homme serait embarrassé. Une femme de peu de conscience et de mœurs très-légères ne l'est point : elle dissimule et joue un double rôle.

Jésus-Christ a dit qu'on ne peut servir deux maitres ; elle en servira trois ou quatre : Dieu, l'argent, la volupté et d'autres encore.

Madame R., par exemple, est une personne très-mondaine, qui ne se refuse aucun plaisir et qui néanmoins fréquente l'église, avec cette naïve conviction qu'il lui suffira de crier : « Seigneur, Seigneur, » pour être admise dans le royaume des cieux. Pour excuser tant d'assiduité aux soirées, aux théâtres, aux amusements les plus dangereux, elle partage avec beaucoup de dames l'avantage d'avoir un mari impie, qui lui ordonne volontiers tout ce que l'Évangile défend et qui lui défend tout ce que l'Église ordonne. Elle n'a qu'un mot à dire, et la voilà munie d'une dispense. A toutes les observations de son confesseur, je m'imagine la voir répondre avec une larme à l'œil : « Je suis bien désolée, mon Père, de ne pouvoir mener une vie plus édifiante ; mon mari veut ceci, mon mari ne permet pas cela. Vous savez comment sont les maris : une femme ne fait pas sa volonté. Voudriez-vous brouiller notre ménage ? »

Le ministre de paix est peut-être obligé de

la consoler, tant elle a de chagrin! Il lui commande de fortifier au moins son cœur contre les séductions auxquelles son mari l'entraîne et l'expose. Il lui en montre tous les dangers. « Ah! mon Père, s'écrie-t-elle, je les connais et je les redoute. Au bal et au spectacle, souvent je ferme les yeux pour ne pas voir, et les oreilles pour ne pas entendre. Mon corps est présent, mais mon cœur est bien loin de là. Combien je préférerais la solitude et la prière ! » Elle pleure, se frappe la poitrine et laisse le confesseur grandement édifié. Deux jours après, vous pourriez la voir au bal et au théâtre, quoique son mari soit absent depuis un mois et ne doive pas revenir de sitôt.

Madame V. n'est pas si dévote. Elle se garde bien d'aller discuter avec son confesseur. Ne suffit-il pas, pour compter parmi les fidèles, de communier une fois à Pâques? Voici donc son plan. Pendant onze mois de l'année, elle vit de la façon la plus mondaine et ne se souvient de Dieu que le dimanche à la messe de midi; encore est-elle souvent préoccupée d'autre chose. Quand arrive la sainte quarantaine, et que, par décence, le monde suspend quelque peu ses amusements les plus décriés, elle rentre en elle-même et se convertit. Elle va trouver son confesseur et, pendant une quinzaine se montre exemplaire. La grande fête vient, Madame V. communie et fait ses dévotions ; il n'y manque rien.

Mais à leur tour les jours de plaisir reviennent. La société reprend ses jeux et ses divertissements. Madame V. est au premier rang ; depuis vingt ans, elle n'y a jamais manqué.

C'est ainsi que beaucoup de personnes, de l'un et de l'autre sexe, entendent la religion et accomodent les choses de la terre avec celles du ciel. Cette comédie aura son dénouement au tribunal de Dieu : Quel sera-t-il ?

CONCLUSION

Pour peu que l'on considère de sang-froid la conduite de ces chrétiens irréfléchis ou frivoles, qui expliquent l'Évangile avec leurs idées mondaines, on voit que les passions peuvent aveugler la raison sur les points les plus graves, comme celui du salut éternel, jusqu'à lui cacher l'absurde et le ridicule de leurs faux-fuyants.

Quelques-uns s'étourdissent au point de n'y voir plus clair : sur cet article, ne deviennent-ils pas de vrais imbéciles ?

Mais il en est beaucoup d'autres chez qui le bon sens, après certaines éclipses, reparait comme la lumière des phares intermittents. Ils ne sont pas toujours sans inquiétude sur la valeur de leurs excuses et sur les conséquences de leurs petits expédients; et néanmoins ils ne veulent pas changer de conduite. Que faire ?

Voici ce qu'ils ont trouvé de mieux. Pauvre cœur humain ! C'est de réserver les deux ou

trois derniers jours de leur vie, par mesure
de précaution suprême, pour se réconcilier
avec Dieu et enlever le ciel d'assaut. Que
faut-il pour cela, suivant leur facile théorie?
Tout simplement un prêtre qui leur donne
l'absolution au dernier moment, ou bien
même, en cas d'urgence et de nécessité, un
acte de contrition bien fait.

Or, qu'est-ce que cela pour de si habiles
gens qui ont trompé le bon Dieu toute leur
vie? Le tour le plus facile à jouer. Quand ils
se verront malades, ils appelleront donc un
prêtre ou se frapperont la poitrine avec com-
ponction; et toutes les formalités légales seront
remplies.

Mais, me direz-vous, sont-ils sûrs d'avoir
ces deux ou trois jours? Ont-ils fait un pacte
avec la mort? Ah! c'est le côté faible de leur
plan.

Il n'y a pas de doute après cela qu'on pourra
les porter au cimetière et les déposer en terre
sainte, avec toute la pompe qu'ils auront dési-
rée. Mais est-il aussi certain que les anges
s'empresseront de porter leurs âmes dans le
sein de Dieu?

Il faudrait, pour l'espérer, que toutes les
menaces des saintes Écritures fussent vaines
et que l'hypocrisie tint lieu de mérite; il fau-

drait qu'il n'y eût plus de justice au tribunal de Dieu.

Jusqu'à preuve du contraire, nous croirons, avec saint Paul, que le ciel est réservé à ceux qui ont pratiqué sincèrement « la charité, la patience, la douceur, la bonté, la foi, la modestie, la confiance et la chasteté » (*Gal.*, v, 22) et qu'aux autres Notre-Seigneur répondra, quand ils frapperont à la porte : « Je ne vous connais pas ; retirez-vous, ouvriers d'iniquité. » (*S. Matth.*, vii, 23.)

PETITES VÉRITÉS

COMPLÉMENT DES PORTRAITS

Vos Vérités.

Ne vous effrayez pas de ces mots, chers lecteurs; en vous disant la vérité, je ne serai point indiscret; je ne vous nommerai jamais.

On m'a fait une réputation de malice, qu'il ne faut pas s'exagérer. Vous verrez qu'en attaquant les défauts j'ai de la charité pour les personnes.

Commençons. Je suppose que vous êtes un honnête homme et un homme honnête, entouré d'une juste considération et désireux de la conserver; vous avez le vice en horreur, vous condamnez le désordre, et vous honorez hautement la vertu; votre cœur est rempli des

12

intentions les plus droites et des plus nobles sentiments ; enfin vos rares qualités vous ont fait beaucoup d'amis, dont l'estime pour vous, permettez-moi cette hypothèse, va jusqu'à l'admiration.

— Oh ! oh ! pensez-vous, ces jolis compliments ne cacheraient-ils pas quelque piége ? On ne flatte que pour tromper.

— C'est vrai ordinairement. Mais cette fois votre sagacité est en défaut ; loin de vouloir vous tromper, je veux au contraire obtenir la permission de vous détromper.

— Comment cela, s'il vous plait ?

— Le voici sans détour. A côté de ces excellentes qualités et des dons précieux que vous avez reçus du ciel, on remarque avec regret de petits travers, dont personne n'ose vous avertir, et qui font rire de vous ; on constate même avec peine des défauts plus graves, qui font souffrir beaucoup vos proches, votre femme, vos enfants et vos domestiques.

— Ah ! je vous comprends...

— Vous me comprenez, cher Monsieur ? Tant mieux ! c'est pour cela que j'écris. Voilà donc tout simplement, dans votre intérêt, ce que je voudrais vous dire à l'oreille, ou plutôt vous mettre sous les yeux, silencieusement, avec votre permission et sans vous fâcher.

— Laissez-moi ; je n'aime pas les donneurs de conseils.

— Mon Dieu ! je le pensais bien. Car, si vous les aviez aimés, vous auriez connu et corrigé plus tôt vos imperfections ; par votre susceptibilité, vous avez fermé la bouche à l'amitié même, qui n'a pas osé vous parler franchement. Mais n'est-ce pas à votre détriment, dites-moi ? Un avis courageux vous eût éclairé, et avec les qualités que vous avez, vous seriez peut-être aujourd'hui un homme irréprochable. Prenez-le comme vous voudrez : Nous avons tous besoin qu'on nous dise quelquefois nos vérités.

— Je vous en dispense pour ce qui me regarde.

— Est-ce que vous n'aimez pas la vérité ?

— La vérité ?... Pardon, mais...

— Vous préférez qu'on vous la cache, lorsqu'elle n'est pas flatteuse pour votre amour-propre ?

— Non, au contraire, j'aime la franchise.

— Mais vous êtes susceptible ? Convenez-en.

— Un peu comme tout le monde.

— Et vous vous fâchez contre ceux qui ont la générosité de vous blâmer, même dans votre intérêt ?

— Quelquefois peut-être, mais j'avoue que c'est à tort.

— Bien ! voilà une excellente parole ! Vous n'êtes pas si intraitable que vous le paraissez et j'espère que vous me ferez l'honneur de me lire, jusqu'à ce que vous ayez rencontré *votre vérité*. Du reste, fâchez-vous contre moi, cher lecteur, si cela peut vous faire du bien, et dites-moi toutes les injures qu'il vous plaira, pourvu que vous profitiez de mes admonitions. Je donne la même autorisation aux dames, à qui je me permets d'adresser aussi quelques avis respectueux.

Aux uns et aux autres je fais d'avance ses excuses de la liberté grande... que j'ose prendre à leur égard, pour leur plus grand bien.

I

L'Humeur

A UN HOMME MAUSSADE

— Cher monsieur, ne vous semble-t-il pas qu'un caractère toujours bienveillant, toujours gracieux, toujours aimable et toujours égal, a des charmes sans prix dans la famille et dans la société ?

— Oui, me direz-vous, mais avec quelque restriction. L'humeur ne peut pas toujours être la même, diantre ! Il y a temps de rire et temps de pleurer, temps d'être enjoué et temps d'être sérieux, temps de faire des compliments et temps d'articuler des reproches, enfin temps de pardonner et temps de se fâcher.

— A part ce dernier mot, qui est louche, aimable lecteur, vous parlez comme Salomon dans ses livres de la Sagesse. Je conviens donc sans peine que l'humeur doit s'accommoder aux circonstances, mais en prenant toujours la raison pour guide, et jamais le caprice ni l'entraînement de la passion.

— A vous parler franchement, je n'aime pas ces caractères insignifiants et flegmatiques qui ne sentent rien et qui ne s'émeuvent jamais.

— Ni moi non plus ; mais vous avouerez aussi que les caractères violents et bourrus sont fort désagréables, surtout quand ils s'emportent pour des riens. J'en connais qui joignent à ce défaut celui d'être changeants comme la lune, et même plus que la lune ; car ils ne sauraient pas être les mêmes deux jours de suite. Le matin vous les trouvez disposés à

12.

chanter et à danser, comme des enfants, parce
qu'un souffle de gaieté leur a caressé la tête ;
le soir, ils seront si tristes, si chagrins, si
brusques, qu'ils ne pourront rien supporter.
Quel est le motif de ce changement, ils n'en
savent rien ; ou bien ce motif est si futile qu'il
ne supporte pas l'examen du bon sens.

— Ceux-là ont tort évidemment. Moi-même,
je ne suis pas tout à fait exempt de ce défaut-
là, mais je ne vais pas si loin.

— Je connais un excellent homme de ce
genre, bon époux et bon père, bon et loyal
ami, qui n'en fait pas moins le tourment de
sa famille par son humeur fantasque et bizarre. Quand il est contrarié, tout le monde
doit être triste autour de lui, ou bien il gro-
gne, il lance des jurons et menace du poing.
Sa femme même n'ose plus lui parler, et ses
enfants cessent leurs jeux ; les grands disent
tout bas aux petits : « Tais-toi, papa est dans
sa mauvaise lune. » Les repas se prennent
dans un demi-silence. Malheur à celui qui
s'aviserait de rire aux éclats ! Ce serait ouvrir
l'outre des tempêtes, et il n'y aurait plus qu'à
fuir. Le lendemain, cet homme terrible sera
peut-être d'une humeur charmante : il appel-
lera ses enfants, les fera danser sur ses ge-
noux et leur chantera une ariette comique. Sa

joie ira croissant : il ne pourra plus la contenir, il débitera des galanteries à sa femme comme aux premiers jours, et il ira dire des gentillesses à ses domestiques pour leur faire oublier ses brusqueries. C'est le bon moment : « Papa est dans sa bonne veine », disent les enfants. Ils lui demandent alors des faveurs, et il ne sait rien refuser. Mais gare au retour de la tempête! Que pensez-vous des bizarreries d cet homme?

— Je trouve qu'il est inexcusable; mais je suis encore loin de là.

— Il croit aussi en être bien loin et juge que son humeur est très-supportable, si supportable qu'il ne songe pas à s'en corriger, quoique sa femme et ses enfants s'en estiment très-malheureux. Ses meilleurs amis le trouvent si déraisonnable qu'ils disent entre eux pour l'excuser : « Le pauvre garçon est toqué. » Il n'est pourtant pas fou le moins du monde, mais il met les apparences contre lui. Le connaissez-vous?

— Je ne le crois pas. Qui donc ?

— C'est un de vos grands amis.

— Vous me surprenez! Je ne le devine pas.

— C'est vous-même.

— Ah !!!...

— Voilà votre vérité; méditez-la.

II

Le Tic.

M. de T., permettez... Voici une grosse chenille qui se promène sur le col de votre habit;
je vais vous en délivrer.

— Ah! monsieur, je vous en remercie.

— La voilà par terre; elle est de belle taille!

— Merci encore une fois. Je n'aime pas ces
bêtes-là; si elle m'était entrée dans le cou, j'en
aurais eu un tremblement nerveux.

— Oh! oh! il n'y a vraiment pas de quoi.

— Que voulez-vous? je suis très-impressionnable.

— Si je connaissais un remède pour cal-
mer vos nerfs, je vous l'enseignerais avec bien
du plaisir.

— Ah! quel service vous me rendriez!

— C'est à cause de cela, sans doute, que
vous faites de si laides grimaces, à votre insu,
comme si vous aviez un tic dans la figure.
Votre physionomie, je vous assure, gagnerait

beaucoup à en être délivrée; la vue en est plus désagréable que celle de la chenille rampant sur votre collet.

— Peut-être; mais ceci ne regarde que moi.

— En même temps, souffrez que je vous le dise, vous reniflez souvent d'une façon affectée et ridicule, comme font les enfants mal élevés. Et rien n'est plus indécent dans un homme de votre éducation et de votre qualité.

— Qui êtes-vous, monsieur, pour vous permettre de me donner de pareils avis? Je ne vous connais pas.

— Pour moi, je vous connais. Vous êtes un homme très-honorable, mais vous êtes l'objet de la risée publique et des moqueries de tous les gamins, uniquement à cause de ce double défaut. Car il n'y a personne parmi vos amis, paraît-il, qui ait le courage de vous en avertir.

— Et vous, inconnu, vous osez...

— Qu'avez-vous donc, monsieur? La voix vous tremble, vous pâlissez, vous devenez vert, bleu... Vous trouveriez-vous mal? N'ayez plus peur, la chenille est tuée. Vous levez votre canne sur moi! Allons donc, pour le service que je vous rends en vous disant deux vérités utiles!... C'est trop fort! je m'éloigne.

III

La Malpropreté

Monsieur C., j'ai une chose très importante à vous apprendre.

— Importante pour moi ?

— Oui, monsieur. Votre honneur y est inté·ressé.

— Mon honneur ! Dites-la-moi bien vite.

— Je vous avoue qu'il m'en coûte, parce qu'elle vous offensera peut-être, à mon grand regret.

— C'est égal ; je tiens à la savoir, dès lors qu'elle peut m'être utile.

— Vous ne m'en voudrez pas ?

— Non, au contraire.

— C'est que j'ai déjà manqué de recevoir des coups de canne pour m'être permis de rendre un pareil service.

— Vous n'avez point à craindre cela de ma part ; mes mains sont désarmées.

— Sachez donc, monsieur, que vous avez la réputation d'être bavard et bredouilleur ; que

souvent on n'entend pas ce que vous dites,
parce que vous parlez trop vite, et qu'en revanche ceux qui vous écoutent reçoivent sur
leur visage une pluie de salive très-désagréa-
ble, parce que vous vous approchez trop près
pour vous faire mieux entendre ; ensuite que
votre haleine est empestée, sans doute parce
que vous avez les dents gâtées, ou que vous
négligez de vous laver la bouche ; enfin que
vous ne changez pas assez souvent de linge
et de chaussure, et qu'à cause de cela vous
sentez parfois très-mauvais. La ville entière
se moque de vous, et les gamins se pincent le
nez sur votre passage. Vos connaissances et
même vos proches en rient comme les autres,
sans oser vous en avertir. La plupart évitent
de vous recevoir chez eux et surtout d'aller
manger chez vous, parce qu'ils y trouvent
toute chose malpropre. Pour moi, sachant
combien vous avez de qualités, je me suis fait
une conscience de vous le dire.

— Oh ! l'excellent homme que vous êtes !
Souffrez que je vous embrasse.

— Pardon, monsieur, je crains que vous ne
vous soyez pas lavé ce matin ; votre cou et
vos mains me font peur, comme à tant d'autres.

— Eh bien ! venez dîner chez moi dans

deux jours. Tout y sera propre et convenable, sur ma personne et dans ma maison. Je vous en donne ma parole et je vous remercie sincèrement.

— Vraiment, monsieur, je vous admire. Les autres se fâchent, et vous me remerciez ! Ne fût-ce que pour la rareté du fait, vous méritez que je le publie dans toute la ville. Je veux refaire votre réputation, car personne n'a l'esprit plus élevé que vous et le cœur plus loyal. J'accepte votre invitation, et je n'y manquerai pas.

IV

La Bizarrerie.

— Madame D., est-il vrai qu'on ne puisse vous dire la vérité sans vous fâcher?

— Moi, Monsieur? c'est me faire injure.

— Je m'en défiais ! Je ne veux plus écouter les mauvaises langues.

— Les mauvaises langues diront ce qu'elles voudront; je sais écouter la vérité sans me fâcher, quand on me parle avec les convenances que réclame mon âge.

— Je suis charmé de cette disposition, Madame, et vous pouvez croire que je suis plein de vénération pour votre âge. Aussi n'est-ce pas sans un vif déplaisir que j'entends débiter tous les jours maint quolibet sur votre tendresse pour un petit chien, dont vous faites vos délices. On dit que vous le nourrissez de biscuit, de lait sucré et de viandes très-délicates, tandis que, pour vous en dédommager, vous condamnez vos bonnes à manger du pain noir, de la dernière qualité, avec des viandes de rebut. Ensuite on ajoute qu'en hiver vous habillez ce petit animal si chaudement et si richement, pour le promener sur les boulevards...

— Est-ce que je ne suis pas libre d'habiller mon chien comme je le veux?

— Pardon, Madame. Mais, quand les petits pauvres le voient si bien vêtu et sautillant avec tant de gaieté au bout de votre ruban, ils en sont jaloux à bon droit; et quand ils s'approchent, grelotant de froid et vous montrant leurs bras déguenillés pour vous attendrir, vous les repoussez avec dureté, au lieu de leur donner seulement un petit sou pour acheter du pain et des vêteme s. Excusez-moi, Madame, si je vous rapporte les choses aussi crûment; c'est pour vous mettre à même d'apprécier la critique que l'on fait de votre conduite.

— Je me moque de ces critiques, et je n'en continuerai pas moins de traiter mon Azor comme il me plaira.

— Madame désire-t-elle que je me taise ?

— Non, je suis bien aise de savoir ce qu'on dit de moi.

— On dit encore qu'avant d'avoir ce chien chéri, vous aviez une douzaine de chats à qui vous prodiguiez ces mêmes tendresses, et qui étaient aussi pour vous une source perpétuelle de querelles avec vos bonnes. Tout le quartier s'en amusait et vous trouvait ridicule.

— Êtes-vous à la fin de vos contes ?

— Si vous le voulez, Madame... Je ne parle que pour obéir, vous le savez.

— Achevez vite.

— On dit que vous êtes aussi méchante pour les gens que vous êtes tendre pour les bêtes ; que vous n'avez aucune pitié des indigents, et aucune obligeance pour personne ; que vous êtes même brouillée avec votre famille, pour de pareils motifs, excepté avec une petite nièce très-calme et très-hypocrite, qui compte sur votre testament ; que vos domestiques, ne pouvant vivre avec vous à cause de vos exigences

et de vos bizarreries, finissent tous par vous
dire des injures et s'en aller...

— C'est assez. Vous m'échauffez la bile...
avec vos cancans...

— Prenez garde ! Vous m'avez assuré que
vous entendriez la vérité sans vous fâcher.

— La vérité, oui ; mais, toutes ces sottises !

— Toutes vos connaissances les regardent
comme des vérités ; et si vous me permettiez
de vous donner un conseil...

— Je n'ai pas besoin de conseils à mon
âge.

— Pardon, Madame ; j'ai l'honneur de vous
saluer.

V

Le grand papa.

« Mon bon et vénérable monsieur, nous ne
sommes plus jeunes, et vous ressentez, comme
moi, les inconvénients de la vieillesse, n'est-ce
pas ?

— Oh ! vous n'avez pas mon âge.

— Pas encore, il est vrai, mais j'en sens l'approche.

— Hélas! il faut bien s'y résigner; nous passerons tous par là. Mais, pour vous en dédommager, Dieu vous a donné d'excellents enfants, qui vous entourent de respect et de tendres soins. Combien de vieillards n'ont pas le même bonheur!

— C'est vrai... c'est vrai... Pourtant il y a beaucoup à dire!

— Vos petits-enfants vous ennuient peut-être quelquefois par le bruit qu'ils font?

— Ce n'est pas cela... Ma fille et mon gendre n'ont pas assez de déférence pour mes avis; ils me mettent de côté, et les enfants, qui s'en aperçoivent trop bien, ne m'écoutent plus et rient de moi. Je me fâche... Vous me comprenez?

— Je vous comprends très-bien et même je vous plains. Mais il faut convenir entre nous que la vieillesse ne contribue pas à nous rendre agréables. Hélas! mon cher monsieur, nous avons souvent des infirmités de corps et d'esprit, des manies, des caprices; nous devenons susceptibles, exigeants.

— Je ne dis pas non; mais, en revanche, nous avons de l'expérience que les jeunes n'ont pas : ils devraient suivre nos avis.

— Sans doute, quand ces avis ne sont pas dictés par la mauvaise humeur et donnés dans de mauvais moments.

— Est-ce que vous voudriez me reprocher ?.....

— Puisque vous me parlez avec tant de franchise, souffrez que je vous confie un secret, dont vous pourrez user pour rendre vos avis plus efficaces. Vous savez mieux que moi que les grandes personnes sont jalouses de leurs droits et n'aiment pas à être traitées en enfants. Or, votre gendre et votre fille précisément trouvent que vos conseils ressemblent trop souvent à des ordres. Vous voudriez leur imposer votre volonté dans des cas où ils se croient maîtres et où ils ne pensent pas comme vous. Ils savent qu'ils sont majeurs et en âge de se conduire eux-mêmes; c'est pourquoi, sans mépriser vos idées, ils ont évidemment le droit de penser autrement que vous. Je vous avertis donc, en bon ami, que, pour vivre en paix avec eux, vous devez renoncer à les tenir en tutelle et commencer à vous effacer.

— Hélas! je ne m'efface déjà que trop.

— Par habitude et sans vous en douter, vous intervenez encore beaucoup trop dans leurs affaires, et vous vous fâchez quand on ne vous obéit pas, comme si vous étiez le maitre de la maison.

— Quand je vois qu'ils vont faire des sottises !...

— On dit que vous allez jusqu'à les blâmer et les contredire devant leurs enfants, admonestant votre fille en leur présence, lui donnant tort, et le reste.

— Je n'aurais pas le droit de reprendre ma fille !

— En cela non, Monsieur; elle n'a plus d'autre maitre que son mari. D'ailleurs ne voyez-vous pas combien il est imprudent de soutenir des marmots contre l'autorité de leur mère, dont la volonté doit être sacrée pour eux ?

— C'est quand elle est maladroite ou trop sévère.

— C'est surtout alors que vous devez dissimuler ses torts; car, si l'autorité de la mère et du père est méprisée, qui corrigera les enfants? Vous leur faites un mal irréparable.

— Je vous assure que je ne les gâte pas.

— Tous les grands-papas en disent autant; et néanmoins combien sont rares ceux qui ne tombent pas dans ce péché de nature!

— Vous voudriez donc que je devinsse un mannequin?...

— Je voudrais que vous restassiez dans votre rôle, qui est d'édifier tout le monde par vos vertus et surtout par la patience, et que vous permissiez à votre fille et à votre gendre de gouverner leur maison comme ils l'entendent, d'élever leurs enfants à leur gré et d'être les maîtres chez eux, absolument comme si vous n'y étiez pas. C'est leur affaire, devant Dieu et devant les hommes. La vôtre, comme la mienne, la seule qui doive nous occuper exclusivement, c'est de nous préparer à bien mourir. Telle est la vraie sagesse des vieillards. »

VI

La Vieille Mère

« Ma bonne dame, vous n'êtes plus jeune et vous ne pouvez plus faire ce que font les jeunes. Entendez-vous ?

— Oui, j'entends, et je ne le sais que trop bien.

— Pas encore assez, paraît-il; car on dit que vous voulez commander dans la maison de votre bru. Vous aimez à critiquer ce qu'elle dit ou ce qu'elle fait, vous furetez partout dans son ménage, et vous prenez des airs de maitresse qui ne lui font pas plaisir.

— Qu'est-ce qui vous a dit cela ?

— C'est mon petit doigt peut-être. Je sais encore que vous ennuyez beaucoup la cuisinière en allant la surveiller, lui donner des ordres, la réprimander, comme si elle n'avait pas assez des avis de votre bru, qui est sa vraie maitresse.

— Ah! c'est Fanchette qui s'est plainte!

— Vos petits-enfants eux-mêmes, que vous gâtez pourtant beaucoup, trouvent mauvais que vous alliez à la cuisine et que vous touchiez aux couverts dans la salle à manger. La raison qu'ils en donnent, c'est qu'il vous arrive quelquefois d'éternuer sur les plats et même, suivant leur expression, de *roupillonner* dedans.

— Par exemple! cela ne m'arrive jamais.

— Cela vous arrive très-souvent, bonne mère, sans que vous vous en aperceviez ; car personne n'ose vous en rien dire. Mais vous auriez pu remarquer qu'on emportait quelquefois des plats auxquels personne n'avait voulu goûter ; c'est votre nez qui les avez gâtés. Vous en souvenez-vous ?

— Non, je ne l'ai pas remarqué.

— Cependant vos petits enfants se détournaient pour rire et avaient bien de la peine à ne pas éclater.

— J'ai vu cela quelquefois, mais je n'y faisais pas attention.

— Puis, en votre qualité de priseuse émérite, vous semez de la poudre de tabac partout, sur la nappe, dans les assiettes, sur vos vêtements et quelquefois sur vos voisins ; vous prenez le pain avec vos doigts jaunes, vous le coupez avec un couteau mal essuyé... Bref, vous ôtez l'appétit aux convives, sans avoir la moindre mauvaise intention.

— Jamais on ne m'avait dit cela.

— On craignait de vous faire de la peine ; mais il est bon que vous le sachiez pour votre gouverne.

— Je vous en remercie, Monsieur.

— Puisque vous prenez si bien les choses, permettez-moi de vous donner encore un avis sur votre manière de tousser et de cracher quand vous êtes enrhumée. Les efforts et le bruit que vous faites pour débarrasser votre larynx soulèvent le cœur de tous les assistants.

— C'est mon catarrhe.

— Fi du catarrhe ! Tout le monde le maudit.

13.

— Et moi plus que personne.

— Je le crois bien ; mais il suffit que vous en souffriez toute seule. Car la part que vous y faites prendre aux autres ne vous soulage point.

— Vous avez bien raison ; j'y ferai attention désormais.

— Ma bonne dame, vous m'édifiez beaucoup. Je n'ai trouvé personne qui écoutât mieux la vérité et qui la reçût avec autant de droiture. Je vous en fais mes compliments bien sincères. »

VII

La Bru

Madame, vous n'êtes pas gentille avec votre belle-mère. Elle est âgée et peu agréable, c'est vrai ; mais n'a-t-elle pas droit à des égards et à beaucoup de charité de votre part ?

— Il me semble que je ne la traite pas mal.

— Il vous semble ! Laissez-là ce petit air narquois. Êtes-vous bien sincère et bien juste ? Elle vous aime, et vous ne l'aimez pas; elle vous veut du bien, et vous ne lui en souhaitez pas trop peut-être.

— Ah!... comment connaissez-vous mes pensées?

— Je les devine par vos paroles et vos actions, qui les trahissent et qui sont peu chrétiennes.

— En quoi, s'il vous plaît?

— En ce que vous usez de vilains procédés envers cette pauvre dame. Vous la brusquez sans ménagement, vous lui parlez avec hauteur et avec aigreur, vous la laissez toute seule pendant des journées entières, vous refusez d'aller vous promener avec elle, et vous la soignez de mauvaise grâce, quand elle est souffrante.

— Oh! oh! voilà bien des crimes! Je lui parle haut et je la tiens à l'écart, parce qu'elle veut se mêler de mes affaires et que j'entends être la maîtresse chez moi.

— On peut être la maîtresse chez soi, sans se montrer hautaine, violente et maussade; l'autorité la plus respectée est celle qui sait être modérée, polie et gracieuse. Et vous savez si bien être aimable, quand vous le voulez!

— Je ne puis pas l'être avec elle, car elle en abuserait. Connaissez-vous son caractère?

— Pas autant que le vôtre, qui a certaine.
ment besoin de réforme.

— Je ne dis pas non ; mais qu'elle se tienne
à sa place, qu'elle me laisse tranquille, et
puis...

— Et puis vous aurez toujours de l'aversion
pour elle.

— J'avoue que je ne puis l'aimer et que je
ne me plais pas avec elle. Pourquoi se plaint.
elle toujours de moi ?

— Parce que vous n'avez pas pour elle,
vous dis-je, tous les soins qu'elle mérite, et
parce que vous manquez souvent de charité à
son égard.

— J'en ai trop, au contraire. Cela m'ennuie !

— Allons, ne vous fâchez pas, et cessez d'ê-
tre injuste, ingrate et méchante ; car vous fini-
riez par me persuader qu'on ne m'en a point
dit assez sur votre mauvaise humeur.

— Cela m'est égal. Je suis lassée d'avoir
toujours cette personne sur mon dos. N'est-ce
pas assez de mon mari ?

— Oh ! quelle vilaine parole ! Votre mari,
qui vous aime avec tant de tendresse ! Une
belle-mère, qui vous a donné presque toute sa
fortune, et qui ne vit en définitive que pour
vous et vos enfants !

— Elle me le fait payer bien cher !

— Imaginations ! Elle n'est point aussi désable que vous le dites : tout le monde en convient. Pourquoi vous dissimulerais-je la vérité ? C'est vous, qui manquez de patience et de douceur; c'est vous, qui êtes trop exigeante et trop vive; c'est vous, qui lui cherchez querelle, qui la taquinez, qui la vexez, et qui ensuite lui gardez rancune.

— Oui, c'est moi qui ai tous les torts !

— A peu près, chère dame, ne vous en déplaise. Vous rendez cette pauvre belle-mère malheureuse, vous faites souffrir beaucoup votre mari, qui voit tout sans oser rien dire, et vous y trouvez vous-même votre propre châtiment, par le chagrin que vous en ressentez. Si vous étiez plus chrétienne et que vous sussiez un peu supporter les défauts du prochain, la paix régnerait dans votre intérieur, et aucune famille ne serait plus heureuse que la vôtre.

VIII

L'Esprit contrariant.

Madame A., j'ai l'honneur de vous saluer. Combien je suis heureux de vous rencontrer !

J'ai un avis à vous demander sur une question très-délicate, et je vous crois en mesure de bien me renseigner.

— Vous me faites trop d'honneur, Monsieur. Si je puis vous servir en quelque chose, j'en aurai un sensible plaisir.

Il s'agit de réconcilier un ménage, ou plutôt d'arrêter les tristes progrès d'une mésintelligence et d'une irritation déjà trop avancées. C'est la dame qui a tort, et elle n'en croit rien. Son mari est disposé à toutes les condescendances raisonnables pour avoir la paix. Il m'a prié d'en parler à sa femme, mais je ne sais comment m'y prendre. Instruisez-moi. Les dames ont l'esprit plus délié que nous autres hommes ; vous surtout, Madame, qui êtes intelligente...

— Moi, qui ne puis m'accorder avec mon propre mari ! comment voulez-vous que je donne des conseils pour autrui ?

— Précisément, parce que vous avez l'expérience de ces choses délicates, vous devez avoir trouvé mille industries pour gagner un cœur intraitable.

— J'ai toujours échoué, et j'aurais besoin moi-même de vous consulter pour sortir de mes chagrins.

— Nous verrons plus tard ; mais laissez-moi d'abord vous exposer les faits et la situation. Cette dame a l'esprit contrariant, taquin et querelleur; c'est, je crois, le fond de son caractère. La bonté de son mari a contribué certainement à développer en elle ce vilain défaut. Aujourd'hui il en est si fatigué qu'il n'y tient plus ; il en éprouve une telle irritation habituelle, que la réconciliation en est devenue beaucoup plus difficile. Sa femme lui impute tous les torts ; elle n'en reconnait aucun pour son propre compte. Et cependant elle en est venue au point de lui chercher querelle sur toute chose, de prendre le contre-pied de tout ce qu'il veut, de dire non quand il dit oui, et oui quand il dit non. Le moindre incident suffit pour amener une dispute, qui ne finirait pas, si le mari ne se levait le premier et n'allait fumer son cigare dans le jardin. Je connais des hommes qui auraient mis fin à ces chicanes dès la première ou la seconde fois, en prenant le gros ton et en montrant le poing. Mais celui-ci n'est point assez méchant pour faire cela de lui-même. Pensez-vous qu'il faille le lui conseiller?

— Oh! non, je lui conseillerais auparavant les voies de douceur.

— J'ai l'honneur de vous dire qu'il les a toutes épuisées.

— Cette femme est donc un dragon?

— A la voir, elle parait douce comme une brebis. Elle a des manières charmantes, elle sourit avec autant de grâce que vous, et elle ne laisse rien entrevoir de son vilain caractère aux étrangers; elle réserve toutes ses méchancetés pour son pauvre mari.

— Elle n'a donc pas de cœur?

— Pardon, elle aime ses enfants avec une vive tendresse, et elle s'occupe de son ménage avec beaucoup de soin. Elle a vraiment des qualités précieuses. Mais elle est possédée de l'esprit de contradiction, qui est un des démons les plus insupportables.

— A-t-elle de la religion?

— Elle en a probablement à sa manière. Peut-être croit-elle plaire à Dieu en faisant pratiquer une si rude pénitence à son excellent mari. Je ne parle pas de ses domestiques, qu'elle ferait damner, s'ils lui étaient assujettis par des liens indissolubles; mais ils la quittent généralement un mois ou deux après leur entrée, en la maudissant de bon cœur.

— Vous la connaissez donc très-bien.

— Comme je vous connais.

— Si vous ne me l'affirmiez, je n'y croirais pas.

— Moi-même, j'ai peine à en croire les té-
moignages les plus incontestables.

— En vérité, je trouve qu'elle mérite bien
les voies de rigueur.

— Pour moi, je n'aurais pas osé m'arrêter
à ce parti; mais si c'est votre avis...

— Que voulez-vous ? je le dis à contre-
cœur, mais il y a des limites à toute patience... Est-ce que je connaitrais cette dame ?

— Peut-être; mais je crains d'être indiscret.

— Entre nous, une confidence est permise.
Je n'en parlerai à personne.

— Pas même à votre mari ?

— Non, si vous y tenez.

— Mon Dieu ! que vous êtes pressante !...
Vous le voulez ?

— Allons, ne m' faites pas languir davantage.

— Eh bien ! c'est vous-même. Voilà votre
vérité...

Adieu, Madame, je m'enfuis de peur d'être
battu.

IX

La bavarde vaniteuse

Madame, vous avez de l'esprit, du savoir, de bonnes manières, des agréments, enfin, le talent de les faire valoir; je le reconnais.

— Pourquoi m'adressez-vous ces compliments que je ne demande pas ?

— Pour avoir le droit d'ajouter, sans en être prié, qu'il faudrait vous en contenter; votre part est assez belle.

— Il me semble, Monsieur, que je m'en contente.

— Le monde en juge autrement. Il lui semble que vous cherchez à faire paraître plus de qualités que le ciel ne vous en a donné, encore plus d'esprit, encore plus de connaissances, encore plus de gentillesse, et que vous tombez dans l'inconvénient signalé par ce vers :

L'esprit qu'on veut avoir gâte celui qu'on a.

(GRESSET.)

— Je ne m'en doutais pas. Comment le voit-on ?

— Vous parlez trop de vos ancêtres, par exemple, de votre famille, de vos amis, de leurs mérites et de leur considération ; on s'aperçoit trop visiblement que vous y goûtez une satisfaction de vanité. Puis vous discourez sur toute sorte de sujets trop savamment, c'est-à-dire avec affectation de ne rien ignorer dans les lettres, dans les sciences et dans les arts ; et l'on s'aperçoit vite néanmoins que vous ignorez une foule de choses ou que vous les savez très-mal. Vous faites trop d'efforts pour montrer les faces brillantes de votre esprit et pour capter l'admiration de ceux qui vous écoutent ; on trouve que vous dépassez beaucoup les limites de la modestie, et on vous traite en arrière d'orgueilleuse et de bavarde. En visant trop à l'estime, vous recueillez le mépris.

— Je n'y vise pas du tout ; vous me prêtez des intentions que je n'ai jamais eues.

— Je ne vous prête rien ; je vous rapporte ce que tout le monde dit, et ce que vous devez savoir mieux que personne. Car ce genre de coquetterie est toujours le résultat d'un calcul, et l'accueil qu'on y fait est le même partout.

— Vous me calomniez. Si j'ai des torts, c'est d'agir avec trop de simplicité.

— Vous vous piquez? Je le regrette; mais je m'en consolerai en pensant que la raison succédera à ce mouvement de dépit et que ma franchise, en vous éclairant, vous rendra plus discrète à l'avenir.

X

Le Bavard

Voici venir le roi des bavards. Comment l'aborder? (*Haut*). La peste soit des bavards! Je suis dans une colère à ne pouvoir me contenir.

— Pourquoi donc, je vous prie?

— Ah! plaignez-moi, cher Monsieur. Je viens de subir pendant une heure et demie la plus assommante conversation qu'on puisse imaginer, au moment où j'allais partir pour un rendez-vous d'affaires. Tout est manqué!

— C'est fort désagréable, en effet, surtout si cet entretien était tout à fait inutile.

— Tout à fait, absolument. C'est un ancien avocat sans causes, qui me racontait toutes ses prouesses pour la cinquième fois, et presque dans les mêmes termes.

— Il ne s'en doute pas?

— Non, pas du tout; il croit, au contraire, que son récit est tout neuf et palpitant d'intérêt.

— Pauvre vieux! Il devrait savoir qu'à notre âge on devient radoteur.

— Oh! les bavards radotent de bonne heure.

— C'est vrai. J'ai bien peur d'en venir là moi-même, car j'avoue que je m'oublie souvent à trop parler.

— Quand on le sait, on devrait s'en garantir.

— Justement. Pourquoi n'ose-t-on pas en avertir ce brave homme? Il n'a donc personne qui lui parle franchement?

— Pardon. Sa nièce, qui vit chez lui, le lui a reproché vingt fois, mais inutilement. J'ai même admiré sa hardiesse. Un jour que j'eus le malheur de faire une visite à son cher oncle et de me laisser enlacer dans son interminable histoire, elle devina mon ennui en me voyant soupirer et bailler. « Allons, mon oncle, lui dit-elle, finissez donc votre récit, qui n'a rien d'amusant pour Monsieur. Je suis sûre que vous lui avez déjà raconté cette histoire, car vous répétez les mêmes choses à tout le monde. » Sur un signe affirmatif que je lui fis, elle ajouta : « Je m'en doutais bien. Vous ennuyez tellement tous ceux qui viennent vous voir, que bientôt personne ne viendra; et ce sera votre faute. » Après quelques mots encore plus vifs échangés entre l'oncle et la nièce, l'incorrigible bavard ajouta sans se déconcerter, en m'adressant la parole :

— Je vous ai dit la chose en gros; mais voici un détail important dont je ne vous ai jamais parlé...

— Pardon, Monsieur, vous me l'avez trèsbien expliqué.

— Ah!... Mais je ne vous ai point raconté cette aventure, qui en fut l'occasion...

— Excusez-moi; je la sais par cœur.

— Très-bien. Vous vous rappelez donc ce que je répondis à ce fanfaron qui croyait m'en imposer?

— Oui, oui; vous l'avez remis à sa place.

— Ce n'était pas la première fois qu'il m'attaquait. Cela remonte haut, et c'est très-amusant...

— Peut-être; mais le temps me presse, j'ai des affaires qui m'obligent à partir...

— Alors je vous dirai l'affaire en deux mots.

Puis il parla une demi-heure. N'en pouvant plus, je regarde à ma montre et je pars préci-

pitamment, comme un voleur. Il me crie :
« Quel dommage que vous soyez si pressé !
J'irai vous achever mon histoire chez vous
prochainement. »

En arrivant, je donne son signalement à
mon concierge, avec recommandation de lui
répondre invariablement que je n'y suis pas.
Malgré cela, par une 'sorte de fatalité, il
m'aperçoit dans la cour et vient à moi plein
de joie. A peine m'a-t-il serré la main, qu'il
reprend son récit. En voilà pour une heure.
J'ai beau l'interrompre, lui adresser des questions, faire moi-même des digressions, il re-
vient toujours à son thème favori. Je lui fais
remarquer l'heure de la pendule, je bâille, je
me mouche, enfin je me lève, il me retient par
le bras : « J'abuse de votre attention, me dit-il,
mais j'ai fini tout à l'heure. » Et il continue.
Je le mène à la porte, que j'entr'ouvre ; il
m'arrête du revers de la main, et la ferme :
« Je n'ai plus que deux mots... Je finis... Pour
en finir... Enfin... Je conclus... » Et il ne con-
clut pas. Je sors, je l'entraîne dans la cour
d'entrée et je le salue, en m'enfuyant... Il court
après moi, me retient par mon habit et me
parle encore pendant un quart d'heure. Heureusement quelqu'un vient à passer, je cours
à lui comme pour une affaire pressée. Mon

bavard attend que j'aie fini, mais j'enfile un corridor et je disparais... Quel homme! Qui me délivrera de ses importunités?

(Mon interlocuteur rit de toutes ses forces).

— Ah! ah! ah! quel fou! Je n'en suis pas encore là. A votre place, je lui dirais son fait tout net.

— J'ai peur de le fâcher; car, au fond, c'est un très-bon homme. Mais je lui souhaite une extinction de voix, franchement.

— Que ne lui dites-vous, dès son arrivée, en prenant votre montre : « Je ne puis vous donner qu'un quart d'heure; allez au plus pressé?

— A sa place, vous ne vous en fâcheriez pas?

— Non, pas le moins du monde.

— Eh bien! Monsieur, voici ma montre, et je ne puis vous donner que 14 minutes; avant la 15e je dois être à mon travail. Trouvez-vous cela bien?

— Je ne m'en plains pas, puisque vous êtes si occupé, ce sera pour une autre fois. Mais vous ne m'assimilez pas au curieux bavard dont vous venez de parler.

— Pas précisément. Voulez-vous que je vous dise en quoi vous différez? Vous ne m'en voudrez pas?

— Non, au contraire.

— Bien sûr?

— Oui, certainement.

— C'est que vous causez encore plus que lui, et sur des sujets moins intéressants.

— Vous plaisantez!

— Pas du tout.

— Personne ne m'en a jamais fait de reproche.

— Et néanmoins c'est une vérité.

XI

La Quêteuse de nouvelles

— Madame, je suis chargé par le directeur d'un grand journal de vous demander si vous consentiriez à faire l'office de *reporter*.

— Qu'est-ce que c'est, *reporter?*

— *Reporter* (qu'on prononce en anglais *riporteur*) est une personne qui rapporte des nouvelles. Les grands journaux ont tous un certain nombre de ces rapporteurs, qui se répandent dans les différents quartiers de la ville et qui tiennent les rédacteurs au cou-

14

rant des faits et des bruits les plus intéressants.

— C'est là ce que vous me proposez ?

— Oui, Madame, j'ai cet honneur, et je vous
prie...

— Vous moquez-vous de moi ?

— Pas du tout, Madame. Les directeurs de
ce journal sont des hommes très-honorables ;
ils se sont dit : « Cette dame est veuve et libre
de ses actions ; elle est d'ailleurs très-intelli-
gente, très agissante et très-répandue. Déjà
elle connaît les nouvelles mieux que personne
de la ville, elle les cherche volontiers, elle
aime même beaucoup cela, et elle les rapporte
à ses amis avec un rare empressement. Elle
n'aura donc presque rien à changer dans ses
habitudes, et elle nous rendra de vrais ser-
vices ; nous payerons bien son zèle. »

— Vous croyez que je me ferai quêteuse de
nouvelles pour une misérable somme d'argent,
moi ?

— Vous le faites bien pour le seul plaisir
d'amuser vos amis ; et chacun sait avec quel
esprit, avec quel sel, vous racontez les choses !
Il n'est question dans les salons que de la
finesse avec laquelle vous découvrez les mystères les mieux cachés, et de l'art malicieux
avec lequel vous les éventez.

— Si vous disiez vrai, mes amis ne voudraient plus me recevoir chez eux.

— Beaucoup vous redoutent, et plusieurs sont déjà brouillés avec vous. Chacun sait par combien de désagréments vous avez payé l'indiscrétion de vos confidents... Eh bien ! vous trouveriez dans notre journal un confident qui ne vous trahirait jamais, qui ne dénaturerait pas vos paroles, mais qui reproduirait textuellement vos expressions, et qui vous permettrait sans péril de faire rire aux dépens des sots, ou de donner des leçons à certains personnages, en un mot de satisfaire votre passion connue pour occuper le public et pour critiquer les gens que vous n'aimez pas. Ma proposition me semble tout à fait dans votre goût.

— Elle n'y est pas du tout, et je la prends pour une injure.

— Au lieu d'être une gazette parlante, vous seriez une gazette écrite ; il n'y aurait pas d'autre différence.

— Monsieur, vous m'outragez. De quel droit accusez-vous ma conduite ?

— Du même droit que vous accusez celle de tout le monde. Pourquoi ne voulez-vous pas mettre par écrit ce que vous allez débitant partout ? On ne doit pas craindre d'écrire avec réserve ce qu'on répand avec tant d'indiscrétion. Adieu, Madame, n'en parlons plus.

XII

La Superstition.

— Est-ce à Monsieur et Madame de V... que j'ai l'honneur de parler ?

— C'est nous-mêmes, Monsieur.

— Madame la baronne de D... m'a prié de vous remettre cette lettre et de l'appuyer de toutes mes forces.

— Voyons. *(Ils lisent.)* C'est une invitation à diner. Nous sommes très-flattés, Monsieur, de l'honneur que Madame la baronne veut bien nous faire... Mais le jour, s'il vous plait ? *(Ils continuent à lire)* Le vendredi 13 du courant, à 6 heures... O mon Dieu, quelle idée ! un vendredi et un 13 ! Oh ! c'est impossible, s'écrie Madame en pâlissant. — Ma femme n'y consentira jamais, ajoute le mari. — Ni toi non plus, mon ami, je te connais.

— Mais pourquoi donc ? Madame la baronne vous servira en maigre un diner exquis, et vous y trouverez une compagnie fort aimable.

— Ah! peu importe... Un vendredi et un 13! Vous n'y songez pas!

— Est-ce que ce jour-là n'est pas aussi bon qu'un autre?

— O ciel! un vendredi et de plus en 1873!... Ces 13 là sont affreux; je ne pourrais manger une bouchée, ni dormir ensuite de la nuit.

— Madame la baronne, au contraire, affectionne ces jours-là et s'en trouve très-bien. Elle entreprend la plupart de ses voyages le vendredi, et met au 13 du mois la conclusion de ses principales affaires, par un principe de dévotion pour la passion de Notre-Seigneur et pour saint Paul, le treizième apôtre, qui est son patron. Tout lui réussit : sa santé est florissante et sa joie inaltérable.

— Ah! Dieu ait pitié d'elle! Je n'y comprends rien.

— Ainsi vous verrez à ce repas treize convives, treize bougies sur la table, treize plats et le nombre treize en chiffres d'or dans une corbeille de fleurs.

— Jamais, jamais, je n'y mettrai le pied. En vérité, il n'y manque que de renverser les salières et de mettre les fourchettes en croix.

— Tous les couverts, effectivement, sont

placés en croix et les salières se renversent quelquefois.

— Et vous voudriez nous y mener !

— Certainement, pour que vous ayez part à la bonne fortune de notre aimable baronne.

— Mais elle est folle, entre nous, votre baronne !

— Quoi ! elle vous invite à sa table et vous l'insultez ! Vous me donnez le droit de vous dire votre vérité sans ménagement : C'est vous deux qui êtes fous.

XIII

La vieille coquette

— O madame Emilie, quelle toilette ébouriffante ! Je ne vous ai jamais vue si belle, et j'avais peine à vous reconnaître. Quel âge avez-vous donc ?

— On ne demande jamais cela, Monsieur, à une dame.

— Bah ! entre nous, qui sommes de vieilles connaissances, il ne faut pas y mettre tant de façons.

— Eh bien! Monsieur, quel âge pensez-vous que j'aie?

— Ah! vous croyez me mettre dans l'embarras? Vous allez voir mon franc parler. Quand vous êtes ainsi parée, coiffée, dorée, peinturée, rembourrée, enfin restaurée de la tête aux pieds; quand vous avez vos cheveux postiches, vos dents postiches, votre œil postiche, votre poitrine postiche, et vos chaussures orthopédiques; quand vous prenez avec cela votre désinvolture de dix-huit ans et que vous marchez en sautillant, ceux qui ne distinguent pas clairement vos traits à travers votre voile peuvent croire que vous êtes une jeune étourdie... Mais, pardon, vous allez vous fâcher, si je vous dis la vérité...

— Non, je ne me fâcherai pas.

— Si fait; les dames de votre caractère ne supportent pas la franchise.

— Je vous jure que je la supporterai.

— Quelque chose que je vous dise?

— Quelque chose que vous me disiez.

— C'est entendu?

— Entendu.

— Votre déguisement peut tromper les yeux; mais si vous venez à lever votre voile, on éprouve la même déception qu'à voir déshabiller une vieille idole dans une pagode :

on est stupéfait de ne trouver sous l'or et la
soie qu'une grossière figure de bois ou de
pierre, barbouillée de peinture et quelquefois difforme... La comparaison n'est pas flatteuse.

— Continuez, vous voyez que je ne me fâche
point.

— Quel plaisir pouvez-vous goûter à cette
petite comédie? Si vous provoquez un compliment quelconque, c'est à votre toilette qu'il
s'adresse; et si vous êtes reconnue par ceux
que vous tâchez d'émerveiller, ils se mettent à
rire et vous méprisent.

— Très-bien ! courage !

— Ces brillants atours, au lieu de voiler votre vieillesse, la font ressortir et vous donnent un air de caricature. Comment pouvez-
vous croire qu'ils ajoutent quelque chose à
votre valeur?

— Je vous écoute toujours sans me fâcher.

— C'est la seule chose que j'admire en vous.
Dites-moi combien valent les diamants et les
perles de votre coiffure?

— Quelle indiscrétion!... C'est égal, je veux
voir jusqu'où vous irez. Je les estime environ
45,000 fr.

— Il y aurait de quoi tirer de l'infortune une
douzaine de pauvres familles qui vous béni-

raient. Et cette montre, ces médaillons, ces chaines d'or?

— Mettez 5,000 francs.

— Et cette robe?

— Elle m'a coûté 800 francs.

— Et le reste de la toilette?

— Supposons 1,200 francs.

— Fort bien, madame; c'est un petit total de 22,000 francs. Maintenant, combien vaut séparément votre personne?

— Ah! pour le coup, c'est trop fort!... Mais je ne veux pas reculer. Estimez-moi vous-même.

— Serait-ce vous faire injure que de vous estimer 10 centimes, le prix d'un cigare?

— Vous vous moquez!

— Pas le moins du monde! car si on vous enlevait vos diamants, votre parure, votre garde-robe et vos biens, et qu'on vous mît en vente sur un marché d'esclaves, je vous défie de trouver quelqu'un qui voulût donner 10 centimes de votre personne.

— Ainsi, en m'estimant 10 centimes, vous êtes généreux?

— Oui, madame. A l'âge où vous êtes, sans vos revenus, vous ne pourriez être qu'une charge, même pour des amis.

— Où voulez-vous en venir?

— A vous faire avouer qu'avec de la vanité pour tout mérite, quand on est vieux, on ne vaut pas cher. Entendez-vous ?

— Oui, et vous en concluez ?...

— J'en conclus qu'il ne faut pas y ajouter le ridicule d'une coquetterie hors de saison, mais qu'il convient plutôt de chercher à faire oublier ses folies de jeunesse par une modestie et une simplicité toutes chrétiennes.

— Merci, Monsieur, la leçon n'est pas mauvaise.

— Je vous la donne pour excellente. Adieu, Madame, et sans rancune.

XIV

La riche ignorante.

Mademoiselle Agathe, je vous supplie de me rendre un service qui ne vous coûtera presque rien. Vous avez passé, dit-on, dans les pensions les plus renommées de Paris et vous avez beaucoup d'esprit, tandis que je suis un pauvre ignorant. Je veux solliciter une place de garde-chasse, qu'on dit vacante au château de

M. le comte de***, qui est votre cousin; mais je ne sais pas faire une lettre, comme il la faudrait. Soyez assez bonne pour me l'écrire, je vous en saurai un gré infini.

— Je voudrais bien vous obliger, mon brave homme; mais je n'ai pas l'habitude de rédiger ces sortes de suppliques.

— O mademoiselle! avec l'esprit que vous avez, vous ne sauriez être embarrassée.

— Embarrassée, non... il n'y a pas de doute... Je sais faire une lettre... Mais il faut du temps, et je suis très-occupée, ma mère m'attend, excusez-moi.

— Je vais prier madame votre mère de vous accorder cinq minutes; elle est si bonne qu'elle ne me refusera pas.

— Il faudrait plus de cinq minutes...

— Pour moi, oui; mais pour vous, c'est une affaire de rien.

— A vous dire vrai, je ne suis pas désireuse que mon cousin voie mon écriture.

— Alors, Mademoiselle, ayez la complaisance de me faire seulement un brouillon; et je le transcrirai le moins mal que je pourrai.

— Mon Dieu! que vous êtes importun!... Je vous dis que je n'ai pas le temps. Ma mère va s'impatienter.

— J'en serais désolé, Mademoiselle. Si vous

vouliez m'indiquer une heure à laquelle vous
seriez moins occupée, je reviendrais.

— Je suis toujours très-occupée, Monsieur.
Puis, je dois m'absenter ; il est question d'un
voyage... Je vous ferai dire, quand j'aurai le
temps. Au revoir.

— Mademoiselle, vous vous repentirez de
votre refus.

— Ah ! vous me menacez !

— Votre projet de mariage échouera.

— Voilà qui est étrange ! Expliquez-moi comment.

— Voici tout le mystère. On a dit à votre
prétendant que vous êtes une grande étourdie
et une vaniteuse très-ignorante (pardonnez-
nez-moi de vous rapporter les termes dont on
s'est servi) ; que vous n'avez rien voulu apprendre en pension ; que vous ne savez pas
même l'orthographe, en un mot que vous êtes
bonne seulement à vous pavaner dans les salons. Surpris de cette révélation et n'y vou-
lant pas croire, le jeune seigneur a promis de
prouver le contraire par une lettre de vous.
Son contradicteur a juré que vous ne la don-
neriez pas, attendu que vous êtes incapable
de la faire. Vous lui donnez raison en me la
refusant. J'en suis bien fâché, mais il faut
que je rende compte de mon message.

— Je m'en moque bien !

— Cette conclusion terminera mon rapport. Adieu, mademoiselle.

XV

La jeune vaniteuse

— C'est vous, Louise?... Vous êtes bien la fille du père Roux, le chiffonnier?... Je vous prenais de loin pour une princesse, tant votre toilette est brillante et votre démarche majestueuse! Où donc avez-vous pris cette jolie parure?

— Pris! je l'ai bien achetée, s'il vous plait.

— Et payée?

— Vous êtes trop curieux, Monsieur. Permettez-moi de vous dire que cela ne vous regarde pas.

— Permettez-moi de vous répondre que, connaissant l'extrême pauvreté de votre famille et la générosité de votre cœur...

— Je vous entends : vous voudriez peut-être que je m'interdisse toute espèce de plaisir en me privant du fruit de mon travail, pour mettre à l'aise mon père et ma mère?

15

— Pourquoi pas? La satisfaction de les soulager ne doit-elle pas l'emporter dans votre cœur sur celle d'étaler au soleil une belle robe?

— C'est votre manière de voir; la mienne est différente.

— Je ne l'aurais pas cru. J'avais conçu de vous une tout autre idée, quand je suis allé porter chez vous quelques secours. A la vue de ce dénûment qui me serrait le cœur, j'ai eu la curiosité de visiter votre chambrette. Vous le dirai-je? j'ai été touché de la trouver si misérable, parce que je me suis dit : « Louise est une excellente fille; elle se contente de ces guenilles, pour subvenir aux besoins de ses parents. Que Dieu bénisse sa piété filiale ! » Mais si j'avais découvert la magnifique toilette que voilà, j'aurais bien changé d'avis.

— Quel dommage que vous ne l'ayez pas trouvée!

— Où l'aviez-vous donc cachée? Dans toute la maison, je n'ai aperçu ni armoire ni commode. Le peu de hardes que j'ai vu est suspendu à des clous et à des ficelles, le long des murailles. Auriez-vous un dépôt chez une amie?

— Justement. Qu'avez-vous à dire à cela?

— Je ne vous comprends pas. Espérez-vous

passer pour riche? Vous n'y réussirez jamais.
Croyez-vous que vous en serez plus estimée
de vos connaissances? Au contraire, les personnes sensées vous mépriseront.

— Je m'en moque. Ne suis-je pas libre ?

— Oui, libre de vous faire estimer ou mépriser. Mais dites-moi quel peut être votre
but?

— Rien de plus simple : c'est de m'amuser.

— Eh bien! rien de plus malavisé; car c'est
de tous les amusements le plus inexcusable,
puisqu'il vous rend ridicule et qu'il enlève le
pain nécessaire à vos malheureux parents.
Vous ne sentez pas que c'est acheter trop cher
le vain plaisir d'une telle parade?

— Chacun prend son plaisir où il le trouve;
gardez vos malhonnêtetés pour vous.

— Allez; vous êtes une mauvaise fille.

XVI

Le Protée

Un intrigant politique, qui avait figuré dernièrement parmi les communards et qui se
croyait inconnu de moi, s'avisa de venir me

demander, de la part d'un ami, une recommandation pour le duc de ***, avec qui j'avais
eu d'honorables relations. Après qu'il m'eut
exposé ses désirs d'un ton patelin, je lui répondis carrément :

« Vous, citoyen, vous allez frapper à la
porte d'un château pour y demander un emploi? Où sont donc vos principes? Et comment
pouvez-vous espérer que le duc vous reçoive
dans son intimité, lui qui est royaliste, légitimiste renforcé? Il n'accepte à son service que
des hommes de son opinion.

— Je le sais, Monsieur, et c'est pourquoi
j'espère être bien accueilli; car vous vous mé-
prenez sur mon compte : je suis aussi légitimiste que le duc. Le drapeau blanc est aussi
mon drapeau.

— Alors vous avez bien changé; car vous
portiez le drapeau tricolore aux journées de
juillet, en 1830, sur la place de la Bastille.

— Qui vous a dit cela? C'est une folie de
jeunesse, un moment d'effervescence. Vous
savez qu'à cet âge on se laisse entraîner.

— Oui; mais en 1848 vous n'étiez plus aussi
jeune, et vous avez chaudement servi le prince
président lors du coup d'Etat, puis vous n'avez
cessé de baiser les bottes de Napoléon III.

— Qui diantre a pu vous dire cela?..... Les

idées monarchiques étaient rentrées dans mon
cœur; et j'avais besoin de gager ma vie en attendant le retour des Bourbons.

— Je le conçois; mais expliquez-moi comment vous avez porté les épaulettes de capitaine pendant la Commune?

— Ah! c'est trop fort... Vous avez donc en-
tretenu des espions autour de moi pendant
toute ma vie?

— Nullement; c'est le hasard qui m'a si
bien instruit. Après cela, n'ai-je pas lieu de
m'étonner que vous soyez aujourd'hui si fervent légitimiste? Quelle confiance puis-je avoir
dans votre sincérité?

— Ne craignez rien, je suis sincèrement revenu aux idées conservatrices.

— Et religieuses?

— Oui, car sans Religion il est impossible
de rien faire de solide.

— Vous teniez le même langage dernièrement à M. le curé de Saint-Elb*, en qualité de
courtier d'une fabrique d'ornements sacrés. Il
n'y avait pas au monde un catholique plus
fervent que vous, ni un marchand plus dévoué
au clergé!

— Il fallait bien faire un peu l'article.

— Puis vous avez passé toute la soirée chez

le cabaretier voisin, à vous moquer du curé, à rire et à blasphémer.

— Définitivement, si vous n'êtes pas pro-phète, vous êtes le diable. Adieu.

Il court encore.

XVII

La Noblesse acquise

« Permettez, madame, crie un campagnard à l'air égaré. Car je ne sais à qui m'adresser dans ce palais. Rendez-moi le service de me dire si c'est ici que demeure M. Bâtard.

— C'est l'hôtel de M. le vicomte Bastard de la Marnière, ou simplement monsieur de la Marnière.

— Non, ni vicomte ni la Marnière, mais Bâtard tout court. C'était un radical pur sang, jadis. Voyez l'adresse de cette lettre.

— Je ne pense pas qu'elle soit pour M. le vicomte. Connaissez-vous ce M. Bâtard?

— Si je le connais, Bâtard! Oui-da, nous avons été camarades longtemps en Norman-die.

— Quelle est sa physionomie ?

— C'est un grand flandrin, maigre et un peu bêta... Il a été bienheureux celui-là que son père lui ait laissé du pain !

— Eh bien ! M. le vicomte est tout autre : il a de l'embonpoint et beaucoup d'esprit.

— Tant mieux pour lui ! Mais Bâtard était un flâneur et un fainéant qui n'apprenait rien à l'école ; je suppose qu'il n'a guère changé. Comme il n'était point fin, chacun lui faisait des niches.

— Les écoliers sont si méchants !

— Oui... Puis il courait des bruits sur sa naissance, on disait qu'il était bien nommé. Vous entendez ?...

— Après tout, cela ne me regarde pas. Pourquoi a-t-il quitté votre pays ?

— Madame, vous avez l'air si bon, que je vais vous conter toute son affaire en deux mots. Son père, qui était un vieux jacobin, enrichi aux dépens des biens d'église volés pendant la Révolution, eut la chance de découvrir une marnière dans son champ, et cette marnière fit sa fortune. Se voyant riche, il envoya son fils à Paris, comme tant d'autres, pour le faire instruire ou pour le cacher. Il n'en est jamais revenu, et c'est tant mieux ; car ces républicains-là ne valent pas le diable !

On dit dans le pays qu'il a fait un superbe mariage et qu'il mène un train de grand seigneur, mais qu'il est toujours un peu nigaud. Voilà tout ce que j'en sais ; ce n'est peut-être pas assez pour vous mettre sur la trace ?

— Quel est son nom de baptême ?

— Gaston.

— Gaston ! En quel endroit habitait-il ?

— Dans notre village d'Armonville... Vous rougissez, Madame. Est-ce que je vous ai fait de la peine ?

— Non. Donnez-moi votre lettre, je la ferai parvenir.

— Vous connaissez donc ce M. Bâtard ?

— Je connais quelqu'un qui le trouvera.

— Et vous, Madame, vous vous appelez ?...

— La vicomtesse de la Marnière.

— Je vous demande excuse, Madame.

— Adieu, mon brave homme.

XVIII

Le Parvenu.

— Je désirerais parler à M. le sous-préfet.

— M. le sous-préfet est occupé en ce moment ; il est avec M. le marquis de*** et M. le comte de***.

— J'ai absolument besoin de le voir quand il aura fini avec ces messieurs; dites-lui que j'attendrai.

— Monsieur veut-il me dire son nom?

— Mon nom lui est inconnu; c'est inutile. *Seul*). Diantre! ce petit journaliste démocrate, qui avait à peine des habits avant d'être sous-préfet, doit être bien fier de traiter de pair avec les marquis et les comtes!... Encore un type de républicain incorruptible, celui-là! On dit qu'après avoir prêché l'égalité absolue et le partage des biens, il est devenu d'une arrogance à laisser loin derrière lui tous les fanfarons de l'aristocratie. Nous allons voir, il ne soupçonnera pas qui je suis.

— M. le sous-préfet ne pourra pas vous recevoir aujourd'hui. Il sera très-occupé toute la matinée et sortira après son déjeuner.

— J'ai fait trop de chemin pour m'en retourner sans le voir. Je n'ai qu'un mot à lui dire; c'est un acte de justice qu'il me doit, il ne peut pas me refuser. Veuillez retourner lui dire que j'insiste, que je le prie de me donner une minute et que je lui saurai un gré infini.

— Je veux bien faire une nouvelle tentative; mais je n'espère pas mieux réussir.

— Pardon, votre maître est meilleur que

vous ne le supposez (*Seul.*) Je sais qu'il n'a rien à faire et qu'il sort tous les jours pour se distraire, sans aucune nécessité. Si j'avais une rosette à ma boutonnière ou un titre à mon nom, il viendrait bien vite me faire des révérences. Mais je le pousserai jusqu'au bout, et je lui donnerai une leçon. Attendons sa réponse.

— Monsieur répond qu'il est inutile d'insister.

— Eh bien ! je reste dans son antichambre, et j'aurai du moins l'honneur de le saluer quand il passera. (*Seul.*) Voyez donc ce maraud qui fait le grand seigneur, après avoir rôdé, le chapeau à la main, autour des plus humbles bureaux du ministère ! Maintenant il refuse de me parler, parce que j'ai un modeste paletot. Attendons avec patience et préparons notre attaque... Voici la compagnie qui sort, et le magistrat qui prodigue les courbettes. (*Haut.*) M. le sous-préfet, j'ai l'honneur de...

— Vous êtes cet homme qui fait demander à me parler ?

— Oui, monsieur le sous-préfet, pour un acte de justice urgent auquel j'ai droit de votre part.

— Je ne puis pas vous recevoir, on vous l'a dit.

— L'honneur et la fortune de toute une famille...

— Je n'ai pas le temps, revenez un autre jour.

— Je vous en supplie, au nom de l'humanité...

— Revenez un autre jour, vous dis-je.

— Il ne sera plus temps; c'est le dernier jour.

— Tant pis! J'ai mes affaires; à une autre fois.

— Monsieur le sous-préfet, vous oubliez ce que vous avez été et vous reniez ce que vous avez prêché.

— Que voulez-vous dire, Monsieur?

— Je veux dire et je dis que vous n'étiez pas si fier, il y a quelques années, lorsque vous alliez à certaines portes mendier une sous-préfecture ou autre chose.

— Vous venez m'insulter chez moi? Insolent! je vous apprendrai...

— Vous m'apprendrez ce que vaut un démocrate parvenu.

— Si je ne retenais ma colère... Passez à la porte.

— Oui, Monsieur le sous-préfet, je passe à la porte; c'est assez. J'ai vu et je sais ce que je voulais vérifier. S'il vous plait de me rendre ma visite, voici ma carte :

— M. X., chef de division au ministère de l'intérieur !

— J'étais envoyé par le ministère pour m'assurer si tout ce qu'on lui a rapporté de votre arrogance est vrai ou non. Adieu, Monsieur le sous-préfet.

Le soir même, M. le sous-préfet partait pour Paris, le visage blême et la fièvre au cœur.

Avis à ceux qui lui ressemblent.

XIX

Le Fat

— De grâce, monsieur Victor, ne faites donc pas tant le dandy. Tout le monde se moque de vous, souffrez que je vous le dise.

— Pourquoi, s'il vous plait ?

— Parce que vos airs fiers et prétentieux vous donnent une physionomie de fat que vous ne méritez pas. Je vous connais d'assez belles qualités pour savoir que vous n'avez pas besoin de recourir à ces façons comiques.

— Expliquez-vous, je ne vous comprends pas.

— Eh bien ! voici votre vérité. Vous croyez à tort que vous êtes un très-joli garçon, et vous supposez que personne ne peut résister à vos charmes. En conséquence, votre toilette, vos manières, vos sourires, vos paroles et vos gestes sont affectés outre mesure, surtout devant les dames ; ils révèlent un jeune homme qui compte, avec une complaisance enfantine, sur l'effet magique de son beau visage et de ses révérences. Or, ne vous en déplaise, vous êtes laid en réalité, et très-laid : vous avez de vilains yeux, une vilaine bouche, de vilaines dents et des sourires de polichinelle. Ces défauts naturels ressortent d'autant plus que vous montrez une recherche excessive dans votre chevelure, jusque dans le nœud de votre cravate, enfin dans toute votre mise ; c'est-à-dire que plus vous faites le joli cœur, plus vous êtes ridicule.

— Vous ne ménagez pas vos compliments.

— C'est que vous êtes très-difficile à émouvoir. Ni les démentis journaliers de votre miroir, ni les quolibets qui pleuvent sur vous depuis des années n'ont encore pu vous ouvrir les yeux. Il fallait donc parler clair et net, pour se faire comprendre.

— Pardon, j'ai compris et je me connais depuis longtemps.

— Pourquoi ne vous corrigez-vous donc pas? Vous avez encore le défaut de croire que vous chantez bien, que vous avez une belle voix et que vous êtes de première force en musique. Vous en êtes si persuadé, que vous n'apercevez pas les signes d'ennui de toute une société; vous n'entendez pas les moqueries que soulèvent vos vanteries continuelles et votre confiance en vos médiocres talents; vous ne sentez pas quand il faut céder la place à un autre, et vous ne savez pas vous effacer à propos, quand vous commencez à assommer vos auditeurs. Comment pouvez-vous ignorer, après tant d'avis indirects, que vous avez une voix désagréable, nazillarde, grêle et très-peu flexible, sans expression et même sans trop de justesse?

— Ah! pour le coup, c'est trop fort! J'ai la voix juste.

— Malgré cela, vous pouvez quelquefois chanter faux, et très-certainement vous chantez souvent mal. Que de fois j'ai vu des artistes, en vous entendant, s'indigner, trépigner, et pousser des exclamations très-peu flatteuses!

— Il en est d'autres qui me font des compliments.

— Ceux-là se moquent de vous, soyez-en sûr; j'en ai les preuves les plus certaines. On ne vous trouve pas meilleur chanteur que joli garçon.

— Alors je n'aurai plus aucune confiance dans les hommes, si l'on me trompe de la sorte.

— Sous ce double rapport, vous aurez raison. Cessez aussi d'avoir confiance en vous-même, et vous vous en trouverez bien.

XX

La malade imaginaire

— J'ai appris, Madame, de quelques-uns de vos amis, que vous êtes indisposée depuis longtemps et que tous les efforts de la médecine n'ont pu vous rendre la santé. Or les explications que j'ai entendues m'ont permis de regarder votre guérison comme possible, ou plutôt comme certaine, grâce à une recette dont j'ai le secret. Je viens vous l'offrir.

— Ah! Monsieur, quelle reconnaissance je vous aurais! Est-ce que votre remède a déjà guéri d'autres personnes comme moi?

— Oui, madame : c'est là précisément le motif de ma confiance. Veuillez seulement me donner des détails circonstanciés sur vos souffrances. On dit que vous en éprouvez de diverses sortes et qu'elles sont très-variables ?

— Oui, Monsieur, dès le matin, en m'éveillant, je me sens une grande fatigue de tête et des défaillances; je bâille sans fin, et quelquefois j'éternue longtemps.

— Je comprends : cela vient des nerfs et de l'estomac.

— Quand je suis levée, la tête me tourne, j'éprouve des courbatures, je suis plus lasse que la veille, et, quand je veux manger, je n'ai point d'appétit.

— C'est cela même, nous y sommes; quel est votre régime alimentaire?

— Il n'a rien de fixe, je suis obligée de suivre les caprices de mon estomac. Le matin, je me lève à dix heures et je prends ordinairement du café, ou du chocolat, ou du racahout, ou du tapioca. A dîner, dans mes meilleurs jours, je mange une côtelette, un bifteck, du poulet, des pigeons, des perdrix, si c'est le temps de la chasse. Dans mes mauvais jours, ma cuisinière est aux expédients pour inventer de petits mets, que mon vilain estomac puisse supporter. Ma boisson ordinaire est du vin de Bordeaux.

— Et après le dîner, comment vous trouvez-vous?

— J'ai de la pesanteur, de l'envie de dormir; la digestion se fait très-péniblement.

— Vous n'essayez pas de marcher et de prendre l'air?

— Je me fatigue de suite, puis j'ai des douleurs dans les jambes. En hiver, l'air froid m'enrhume; en été, l'air chaud me donne des maux de tête et des étouffements. J'en suis réduite à garder la chambre.

— Vous êtes très-impressionnable?

— Excessivement! La moindre émotion me donne des palpitations, et la moindre contrariété des attaques de nerfs.

— Je m'en doutais. Quelle est votre humeur habituelle?

— Tantôt gaie, tantôt triste, suivant mes dispositions physiques. Quand je me porte mieux, je suis enjouée; quand je souffre, je me fâche pour un rien.

— Je connais à présent votre maladie et je puis la guérir très-promptement, si vous avez du courage.

— Oh! quel bonheur! Comment pourrais-je

manquer de courage? Dites ce qu'il faut faire, je suis prête à tout.

— Rien n'est plus simple à formuler. Il faut vous imaginer, que vous n'êtes pas malade et agir en conséquence : aller et venir, manger et boire, sortir et vous promener, comme autrefois, sans aucun souci de vos fatigues et de vos défaillances.

— Mais c'est impossible !

— Je craignais cette réponse : les personnes qui sont dans votre état ne manquent jamais de la faire. Et cependant votre guérison est à ce prix.

— Vous ne me donnez aucun remède?

— Aucun, jusqu'à ce que vous ayez fait l'essai de ce nouveau régime. En attendant, il ne me reste qu'à vous offrir mes salutations respectueuses.

XXI

L'humeur et l'imagination

J'avais un ami doué d'une imagination très-vive et d'une très-grande sensibilité. Il se laissait trop facilement impressionner par les nou-

velles politiques, par les discours d'un visi-
teur, ou simplement par ses propres réflexions sous l'influence de l'humeur. Combien
de personnes lui ressemblent plus ou moins,
peut-être sans le savoir !

Je le trouvais quelquefois renversé dans son
fauteuil et poussant des soupirs :

« Qu'avez-vous donc, cher ami, lui disais-je
en l'abordant ?

— Ce que j'ai ? tous les gens de cœur l'ont
aujourd'hui... Il n'y a que vous, avec votre
caractère jovial, qui ne l'éprouviez pas. Je ne
puis vous concevoir !...

— Mais enfin expliquez-vous.

— Quoi donc ! Ne voyez-vous pas que tout
va de travers ? L'Europe est sur un volcan, la
France se démoralise et descend tous les
jours vers l'abime, l'Italie, l'Espagne, la
Suisse, tous les pays qui nous environnent
sont dans un état moral pitoyable ; les principes, la religion, tout s'en va...

— C'est vrai, c'est vrai, disais-je en m'accommodant à son humeur et en commençant
aussi à soupirer.

— L'athéisme gagne du terrain, la morale
est foulée aux pieds ; et l'esprit révolutionnaire,
comme une affreuse gangrène, dissout toutes
les forces vives du corps social... (*Soupir.*)

— C'est vrai, c'est malheureusement vrai.

— Ceux qui gouvernent les peuples n'ont pas même une idée juste de leurs devoirs comme chefs. Ils ne se doutent pas, par exemple, qu'ils sont les agents de la divinité, ni que la société a des intérêtssu périeurs au bien-être temporel. Ce sont des aveugles qui conduisent des aveugles... *(Soupir.)*

— Vous avez raison, c'est déplorable.

— Vainement vous chercheriez autour de vous une puissance capable de conjurer le mal et d'arrêter la décadence. Le pape est sans pouvoir, les rois l'abandonnent, et leurs ministres font les plus funestes concessions à la démagogie. Rien ne paraît devoir arrêter ce flot dévastateur, rien, rien...

— On dirait que Dieu nous abandonne; c'est décourageant...

— La société est si corrompue, si malade, qu'on se demande si elle est capable de supporter les remèdes, si même elle a le désir d'être guérie... O ciel ! dans quel temps vivons-nous, cher ami ! » *(Soupir sur soupir.)*

Alors, j'enchérissais sur ses propres discours, je lui citais des faits navrants à l'appui, et je le poussais au fond de cet abîme de mélancolie. Puis le cher homme se laissait aller à des exclamations douloureuses, entremêlées de longs silences ; et j'y répondais par des gémissements tout semblables : « Ah ! mon Dieu ! ayez pitié de nous... Que deviendrons-nous ? Hélas ! quelle misère !... Que faire !... ah !... ah !... » Après cinq minutes de cet entretien par interjections et par soupirs, le voyant presque au désespoir, je lui disais :

« Eh bien ! cher ami, que pensez-vous faire ? Il ne vous reste plus qu'à aller vous jeter à la rivière. »

A ce mot, il sortait de son cauchemar et se mettait dans une violente colère contre moi. « Vous voilà toujours avec vos mauvaises plaisanteries ! Conçoit-on qu'un homme sérieux puisse rire en face d'un spectacle aussi lamentable ? » Je courbais la tête pendant un demi-quart d'heure sous une avalanche d'invectives et de reproches.

Quand il avait bien déchargé sa bile, je le prenais par son côté fort, qui était la foi et la confiance en Dieu. Je lui demandais s'il croyait à la Providence, ou s'il doutait qu'elle fût assez puissante pour nous régénérer, malgré la malice des hommes. « Prenez l'histoire de l'Eglise, et voyez sans prévention si la France et l'Europe entière n'ont pas été plus malades, à certaines époques, qu'elles ne le sont aujourd'hui. Lisez les lettres des plus

grands papes et les homélies des plus saints
évêques : elles sont pleines de gémissements
bien fondés. Le clergé était dans l'abjection,
les hérésies déchiraient la chrétienté, les
guerres de religion faisaient couler le sang,
et le catholicisme paraissait étouffé en de vas-
tes provinces. La barbarie, l'immoralité, les
crimes de toute sorte se montraient partout
sans répression efficace. On croyait la fin du
monde arrivée... Pas du tout : Dieu, qui avait
exercé la justice, revenait à la miséricorde et
guérissait les plaies de son peuple. Les siècles les plus florissants succédaient à ces âges
de fer et de sang : la société entrait dans une
ère nouvelle. Nous sommes présentement dans
des temps critiques, et nous voyons autour
de nous des maux affreux : une perversion et
une corruption qui menacent de tout emporter. Mais que d'éléments de bien nous
trouvons au milieu de tous ces désordres ! Un
clergé admirable par ses lumières et ses
mœurs, des ordres religieux sans tache, des
catholiques éminents dont rien ne peut ébranler la fermeté et le courage; enfin des institu-
tions charitables de toute espèce, soutenues
par des âmes héroïques et bénies par toutes
les classes de la société. Non, cher ami, un
pays qui renferme tant d'éléments de vie n'est

pas si proche de la mort; il peut avoir de grandes luttes à soutenir, mais Dieu lui réserve encore des victoires et peut-être des gloires inconnues. »

A mesure que je parlais ainsi de l'abondance du cœur, je voyais le front de mon excellent ami se dérider et s'éclaircir, comme un ciel noir après un orage. Il était trop érudit et trop intelligent pour ne pas s'avouer que j'avois raison. Ses yeux redevenaient plus brillants et ses lèvres commençaient à sourire. La partie était gagnée; il confessait qu'il avait trop cédé à la mélancolie et au découragement. Je lui serrais la main, et nous convenions qu'il y avait quelque chose de mieux à faire pour les gens de bien que d'aller se noyer.

Que de fois j'ai vu même des assemblées nombreuses, presque entièrement abattues par des discours décourageants, se relever tout à coup à la voix d'orateurs plus généreux et passer jusqu'à l'enthousiasme sous l'inspiration d'un noble cœur! Pauvre humanité! quand te laisseras-tu conduire uniquement par la raison et par la foi?

Cher lecteur, tenez-vous en garde contre les impressions du moment, contre les mouvements de la sensibilité et les exagérations de

l'imagination. Sachez élever votre esprit au-
dessus des agitations de ce monde, et priez
Dieu de vous faire participer à son immuable
sagesse.

FIN

TABLE

GRANDES DAMES

GRANDS MESSIEURS

GRANDES DEMOISELLES

AUX MONDAINS

TABLE 279

PETITES VÉRITÉS

PUBLICATIONS
DE LA
SOCIÉTÉ GÉNÉRALE DE LIBRAIRIE CATHOLIQUE
V. PALMÉ, 25, rue de Grenelle-Saint-Germain, Paris

ŒUVRES DE PAUL FÉVAL

SOIGNEUSEMENT REVUES ET CORRIGÉES

JÉSUITES !

Un volume in-12 (10e édition) . . . . 3 fr.

LES ÉTAPES D'UNE CONVERSION

Un volume in-12 (9e édition) . . . . 3 fr.

LE DERNIER CHEVALIER

Un volume in-12 (3e édition) . . . . 3 fr.

FRÈRE TRANQUILLE

(Anciennement la Duchesse de Nemours)

Un volume in-12 (2e édition) . . . . 3 fr.

CHATEAUPAUVRE

Un volume in-12 (1e édition) . . . . 3 fr.

LES CONTES DE BRETAGNE

Un volume in-12 (1e édition) . . . . 3 fr.

LA FÉE DES GRÈVES

Légende bretonne

Un volume in-12 (3e édition) . . . . 3 fr.

L'HOMME DE FER

Suite à la Fée des grèves

Un volume in-12 (nouvelle édition) . . . . 3 fr.

LE CHATEAU DE VELOURS

Un volume in-12 . . . . 3 fr.

LA FILLE DU JUIF-ERRANT

Un volume in-12 . . . . 3 fr.

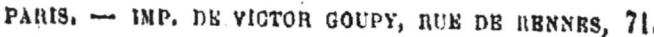

PARIS. — IMP. DE VICTOR GOUPY, RUE DE RENNES, 71.

www.ingramcontent.com/pod-product-compliance
Lightning Source LLC
Chambersburg PA
CBHW071814020726
47502CB00004B/1108